Buchwald/Krüger

Jahrbuch der Lyrik 2004

Es erscheint seit 1979 und ist inzwischen „eine Institution" geworden, das Jahrbuch der Lyrik. Als jährlich sich fortschreibende Anthologie deutschsprachiger Gegenwartslyrik macht es alle wichtigen Entwicklungen in der Lyrik sichtbar und zeigt immer wieder neu, wie sich Sprache, lyrische Formen und Ausdrucksmöglichkeiten verändern (müssen), um Gegenwart, Zeit und Epoche im Gedicht zu fassen zu kriegen.
Wer das Jahrbuch der Lyrik regelmäßig verfolgt und zurückliest durch die Jahre, wird stets wieder überrascht sein, wie sich in den siebziger, den achtziger, den neunziger Jahren und jetzt zum Beispiel Landschafts- und Liebesgedicht verändern, oder wie anders, wieviel skeptischer, ambivalenter oder ironischer politische Gedichte junger Autoren heute daherkommen.
Und: Jedes neue Jahrbuch setzt dank des von Band zu Band wechselnden Lyrikers, der als Mitherausgeber fungiert, seine Akzente und Kapitelschwerpunkte anders. Mitherausgeber des Jahrbuchs der Lyrik 2004 ist Michael Krüger, als Lyriker wie auch als Verleger von Gedichten und Herausgeber der Literaturzeitschrift «Akzente» bestens ausgewiesen. Krüger und mit ihm der ständige Herausgeber Christoph Buchwald haben dafür gesorgt, daß auch im neuesten Jahrbuch der Lyrik wieder viele neue Stimmen zu entdecken sind.

Christoph Buchwald, geboren 1951, ist vom ersten Band (1979) an ständiger Herausgeber des Jahrbuchs der Lyrik und lebt als Verleger der Uitgeverij Cossee in Amsterdam.
Michael Krüger, geboren 1943, veröffentlichte Romane, Erzählungen, Essays und zahlreiche Gedichtbände, zuletzt «Wer das Mondlicht fängt. Gedichte mit Bildern von Quint Buchholz» (2001) und «Archive des Zweifels. Gedichte aus drei Jahrzehnten; herausgegeben und mit einem Nachwort von Kurt Drawert» (2001).

Jahrbuch der Lyrik 2004

Herausgegeben von Christoph Buchwald
und Michael Krüger

Verlag C.H.Beck

ISBN 3-406-50273-3
Umschlagentwurf: Leander Eisenmann

Gesamtherstellung: Pustet, Regensburg
Gedruckt auf säurefreiem
alterungsbeständigem Papier
(hergestellt aus chlorfrei gebleichtem Zellstoff)
Printed in Germany
www. beck.de

Inhalt

I Portraits/Selbstportraits

II Krähe, Stubenfliege und kalter Truthahn

III Große Meere!

IV Landeskundliche Berichte

V Und was machen die, die ohne Gagarin und Milchdienst in ihren Gedichten auskommen?

VI Zwei Nachbemerkungen

I
Portraits / Selbstportraits

Herta Müller

DER EINE NACHBAR STARB zweimal im Bett im Januar
am selben Tag sogar in diesem und im nächsten
Jahr der andere saß mit seinem Schachbrett
vorm Haus zog die Quastenmütze und die Zeit
groß raus lachte verwirrt damit das Wetter besser
wird ich wiederum hielt eh nicht viel schier weniger
als ihr von mir so derart jung zog nur den
Vorhang an und lief durchs Fenster zur Beerdigung
zur Begleitmusik mußte ich weinen dem einen
Kantor tropfte meine Nase auf den Schuh bis
es ihm zuwider war da riß er eins der Grablieder
aus seinem Notenbuch gab es mir als Taschentuch
und sagte wenns trocken ist krieg ich es wieder
ist das klar

Herta Müller

DER WIND SCHNITT und Mutter nähte sich
mit einer Fischgräte ein Knopfloch unters
Kinn und brauchte Stunden bis wegabwärts
der Tag genau wie Vater vor drei Jahr
verschwunden war

– aber die greisen Zwillinge die beide Willi heißen
saßen mit der Angel immer noch am Hafen
es kam nur Holz und ich ging schlafen

Harald Hartung

Tipperary

Im Güterwagen (Dresden am Hauptbahnhof)
auf Stroh der Landser sang *It's a long way to* –
Er war auf Mutter (sah ich natürlich) scharf
Ich pfiff das *Tipperary* ironisch mit

Der Ami gab uns schaumiges weißes Brot
in Andernach am Rhein und entlauste mich
Die Nissen überlebten die kurze Kur
und ich trug Glatze sommerlang voller Scham

pfiff *Tipperary* wenn ich ein Mädchen sah

Harald Hartung

Londoner Rundfunk

Ein Bild das ich behielt: Vater gebückt
am Volksempfänger, er kroch fast hinein
und drehte an den Knöpfen bis es dumpf
aus London kam – *Beethoven Junge!* ein
Erschauern schien es ging durch seinen Rumpf ...

Nachrichten kamen dann, und Vaters Blick
besagte bloß *Wann hast du dich verdrückt?*
Ich spürte seinen Vorwurf im Genick

und kämpfte meine eignen Schlachten schoß
auf die Soldaten die im Schutz des Walls
von Klötzen auf mich zielten und genoß
ihr Fallen weinte aber wenn sie wund
am Boden lagen kopf- und helmlos und
dann leimte ich die Köpfe auf den Hals

Oskar Pastior

ein seidel aldigeil

verwahrlost und nicht abgeholt
der essensmund im herzensgrund ver-
wischt und zugenäht o ziegel-
farb von scharrhuhn –

wenn ich ein wupper wär
und drei paar schultern hätt
sopran ich spalier

denn einmal da sind es dann wieder die
enkel von dürer sie haben sandalen um
schlaufen gebunden: da brät ich dem zom-
bi am liebsten salbei-nitrogen-zitronär
wie eibisch den keilriemen unter und ü

ach monika mit deinem haarbedürfnis-
abziehbild – du brüstelst mir das
schlanke tier der achsel nie «rela-
tionale» auf (was aber dann was
anderes heißen tüte) – geh
laß gehn zu lasten mir
am schmiergelenk (glasur)
was die natur sich prora do
bis pfirsich täte (be be)

nur daß sich um den mund am heidelsprung
zum sonnengott (ra ra) kalenderungenau bis
unerwünscht verlobt am perihel die mar-
melade wie ein deltalambda knödelte ...

so haben wir dem nestroy die mutter geschraubt
und uns danach verzehrt – greuliches festmahl

Oskar Pastior

MARSCHIERTOR-ANATOM ABSTRAKT (weder leibel noch maillot) war die linienführung auf dem waschmaschinenwochenplan der schleudergänge meines neffen t-shirt-mäßig so miro (schlangen, felgen, wimpernkränze an pantoffeltier-gratin) daß mir, der ich nie im leben fahrrad fahre und auch sonst nur ganz bestimmte überhemden unter lebensvorbehalt noch trage, das memento mori des beerbten stupors hüpfte wie die printen eines pyromanen busens traubenzucker

Günter Herburger

Scherenschnitte

Schon der Krieg der Knöpfe
gelang nicht als Gebrauchsverfahren,
weder im Jugendstilschloß der Mutter
noch im Schlachthaus des Vaters.

Zurück zur Kleinstaaterei,
als es noch siebenunddreißig
Herzog- und Fürstentümer gab
und Perücken im Winter wärmten.

Herzgewächse sprossen, Land lag brach,
dereinst eine Locke von Jean Pauls Hund
mehr galt denn Goethes Werke,
und niemals geschah Versöhnung.

Hoch oben auf dem Ulmer Münster,
dem Zentrum des Abendlands,
schnitt Elsa Elisabetha Swammerdam,
deren Ahne die roten Blutkörpchen

fand und ein Mikroskop schmiedete,
aus schwarzem Papier die Silhouette
von Else Meitner, wie sie in Schweden
an einem Küchentisch saß.

Krieg herrschte, später bekam
Max Planck den Nobelpreis, sie nichts.
Jetzt, sagt unsere Tochter, ein ewiges Kind,
schwimmen wir durch Raps, gelbe Wolken,

oh mein Papa, dumme Garage!
Wir haben nun Turnschuhe an,
zu Ende mit der Bildung,
es fehlen nur noch Hosen.

Lutz Seiler

aqua vitae

: delphin oder schmetterling –
welche verkettungen, herausgedacht, träume aus
dem hartgummi der badekappen: *name*
        klasse, gross-
buchstaben, schon verwischt
stand aufgestülpt die kulischrift
über der schädeldecke ... das

        warst du: der blasse
köder im kabinendunkel, dann
entfernt im rauschen, taub, die ohren an-
        gebacken, fest

verklebt im helm das haar –
: delphin oder schmetterling?
wie kam es, dass

du frorst, woher
das herzflattern des albatrosses unter
deiner hühnerbrust? anschlag
sauber, schnelle wende, nur

ein fern verschlossner augenblick
mit kachelgrund & chlor. kinn vor, brust hoch
gerissen, kopf zu gott, mit spastisch
kurzen stössen, dann

warst du auch das: ein steiftier, unbegabt
das fünfzig meter um
sein leben schwimmt. auftrieb null, verdrängung
gut: wo hier
dein körper war, da konnte auch
ein andrer sein & was
du vorn beiseite schlugst, zog hinten
in die schwere deiner beine ein.

: delphin oder schmetterling –
wer schwimmen kann, erzählt
vom landgang seines lebens *knochen*
schrumpfen flossen werden
spinnenbeine abends, auch
im fadenschein der bäume: doch

was einmal hart bis ans verschwinden
schwimmt, erinnert sich: jeder
bademeister hatte stangen, pflichten
& das tiefe – wer
ist durchgekommen *bitte melden* jetzt
schliessen die archive

Lutz Seiler

(nosferatu)

fritz w. plumpe alias murnau ver-
unglückte in USA. nikolaus
nakszynski alias kinski wohnte untermiete, 7
jahre bonner strasse in berlin. ich

lebte auf dem land & ass «zetti» aus
zeitz zur *gute nacht* mit walnusskuss oder
umarmt stand ich am rauchertisch
mit der bronzeplatte. dann

halb schon hinaus, im flur, erwischte mich
auf kaltem fuss eine musik & durch
den lichtspalt, leise, sah

ich zum abendfilm zurück: ein
dünner toter, der verbissen, knirschend wie
          an trossen aus
dem boden klappte, um-

fasste mich mit seinem blick – so
fiel die tür ins schloss & ich, verwirrt, im dunkel
stieg die treppe auf mein zimmer; der
film, der folgte, läuft noch immer

Heinz Czechowski

Gartenszene

Ferien. Das Glück
In greifbarer Nähe: Wohin?
In den Garten, fort
Übern Granit, dorthin,
Wo Herr Eichler,
Kriegsunabkömmlich,
Sein Handwerk betreibt:

Leichtmetallspäne
Hinter dem Haus, dort
Beginnt einer der Wege,
Die in die Kindheit führen:

Immer
Schon wollt ich
Ein Fahrrad,
Während die Nachrichten
Von Siegen berichteten,
Aber die Mutter
Keins auftreiben konnte.

Also trat ich den Roller,
Erbstück des Bruders,
Der täglich
Auf seinem Fahrrad
Den Schulweg bestritt.

Mir aber blieb nur
Das Dach unsrer Laube,
Geteert. Der Nußbaum,
Sorgenkind unsres Gartens,
Ließ seine grünen
Früchte schon früh
Aufs Laubendach fallen. Ich
Sah von dort oben
Aufs Feld, wo Bauer Trobisch
Den Acker bestellte.

Kette der Dinge: Kein Fahrrad,
Aber der Bruder
Errichtete nachmittags
Mit einem alten Gewehr,
Erbstück des Großvaters,
Über dem Bunker,
Den er gegraben,
Eine Flugabwehrstellung.

Über die Köpfe
Flogen von Klotzsche
Die ME 109.
Im Mittagshimmel
Glänzten hoch über ihnen
Die feindlichen Aufklärungsflieger.

Einmal bin ich gewesen
Ein Gartenbewohner.
Weizenäpfel,
Kaiser Alexander,
Rotbäckig,

Aber nicht haltbar,
Fielen ins Gras.

Mein Vater
Weilte in Böhmen, die Mutter,
Ich sage es ungern,
Ging fremd. Was wir wußten,
War wenig, immerhin
War es genug,
Um an den Endsieg zu glauben.
Im Garten
Baut ich mein Zelt auf,
Ungehindert
Schlug ich die Langeweile
Der Kriegsjahre
Tot.

Heinz Czechowski

Augustusweg

Hier
Lernte ich die Pflicht,
Mich zu behaupten und
Den Verführungen
Zu widerstehn.

Wo ich als Kind
Den Weinberg hinuntersprang,
Gehe ich jetzt
Mit dem schwereren Schritt

Des von der Heimkehr
Gezeichneten.

Unweit weiß ich
Das Haus, in das ich trat,
Als ich das,
Was man die reiferen Jahre nennt,
Absolvierte.

In einer
Geschichtlich unermeßlichen Ferne
Sah ich das Haus an der Sonne,
Das Hitlers Schwester bewohnte.

Das Hirschgeweih
Am Hause des Försters
Lehnt abmontiert
An einem Stein.

Hirsche
Hat es hier niemals gegeben, aber
Der Herr des Schlößchens Waldhof,
Gleich nebenan,
Soll ein gewisser
Sternheim gewesen sein.

Von Rähnitz herüber
Kam Felixmüller, unten,
Im Dresdner Bellevue,
Skatete Herr Richard Strauß
Sich der Reichsmusikkammer
Entgegen.

Heute nacht
Wird der zunehmende Mond
Über den Trieben stehn
Und den Kubus
Des neuen Halbleiterwerkes,
Das die Aue zerstört hat,
Magisch beleuchten.

Wie
Bringt man zusammen,
Was einen seit der Kindheit
Begleitet?

Heinz Czechowski

Die Wewelsburg

Ich gehe zwischen den Mauern, begreifend,
Daß mein Auftrag hier endet.
Es gibt keine Sprache für das, was ich sehe:
Für diese Opfer- und Weihestätten,
Die Säulen und Nischen, Wachhäuschen,
Terrassen, Runen und Zeichen ...

Ich kann es nicht lieben, das Land
Mit seinen Helden und Kaisern,
Den Nibelungen, Schergen und Kanzlern,
Seinen Ministern, Kulturpäpsten,
Dem Stolz auf die Einheit,
Seinen Ballonen, die in den Himmel steigen,
Aufgeblasen,

Als wäre nichts, rein gar nichts
Gewesen.

Hier sehe ich den Anfang,
Das Ende der Schrecken. Und ahne
Den neuen Beginn: den Stolz
Auf das Wachstum, die Dividenden,
Die ersten Plätze, die
Weltmeisterschaften, den
Mythos.

Hierher
Will ich nie wieder kommen, um daran zu denken,
Daß in Deutschland das Niedergebrannte
Wie in keinem anderen Land
Dieser Welt Rechte genießt, angeblich,
Daran zu erinnern, was alle vergaßen.

Dein Nebeltuch, Deutschland,
Weht über Westfalen
Und breitet sich aus
Über dem Land,
Das seine Vergangenheit
Viel zu gut kennt, um zu vergessen,
Wie mächtig verloren es wohnt
Unter den Völkern.

Nora Bossong

Dörrpflaumen

Ich trockne Pflaumen auf der Heizung
schenke sie meiner Großmutter zum Todestag
ihres Mannes sie freut sich mein Großvater
brachte mir das Schwimmen bei und ertrank
in der Badewanne während meine Großmutter
Brötchen kaufte das Wasser ließ sie
erst nach drei Tagen ab und rieb
die Wanne mit Salz aus.

Jetzt sitzt sie täglich in der Küche
und isst die Pflaumen
und ihre Verdauung, sagt sie,
ist wieder so gut wie früher.

Michael Wolff

Drei Haikus

Heut früh gedacht: wie
langsam ein Tag vergeht. Wie
schnell das Jahr: abends.

Schneidende Schreie
der Pfauen. Unbeirrt die
Fähre und der Fluß.

Zurück. Unten auf
der Straße machen Kinder
eine Kindheit nach.

Norbert Hummelt

jenseits

schlagen sie wieder die heringe ein? quillt
etwa rauch empor zum roten abendhimmel
u. gleich nimmt einer die mundorgel vor?
hier durch das dickicht dringt kein bild, kein
singen, u. nicht einmal ein stechender geruch
hufspuren sind da, nasse erde, den reitweg
hoch bis zu der gabelung, die luft ist schwül
das greift die pumpe an; der wald verliert
sich; selbst auf der kuppe sieht man nicht
so viel. der tankwart zweifelt, ob hier zelte
waren. einer der tankenden bestätigt: nein
ein schullandheim hat es hier nie gegeben
du nimmst die frage mit u. läßt das halbe
glas mit apfelsaft dort auf dem tresen stehn
auch auf dem fluchtweg schräg hinab ins tal
zurück zum auto bei der wilden böschung
gibt es kein abendrot, kein fernes singen, da
qualmt nichts u. niemand schlägt heringe ein.

Hellmut Seiler

Der Erde Rede

Es war der Sommer als die Mädchen
Noch papierleichte seligsäumige Röcke
Hinter sich schaukeln ließen & wir

Einen anhaltenden Drehschwindel davon
Trugen & die Konzerte der Philharmonie
Trieben uns den auch nicht aus nur Fritz

Hockte da, verklärte Veilchen im Gesicht
& ließ die Fackelohren hängen. Aber *Honky*
Tonk Women spielte keiner wie der Klaus

Sauer & die *Flamingos*! Chopin plätscherte
Wir gingen in die Tanzstunde mit der
Verwachsenen Frau Hamrodi & sie brachte

Uns den *Shake* bei und den Twist. Auf den
Fotos waren nur die Beine zu sehen, wir rieten
Wie im Rausch welche wem gehörten.

Es war der Sommer als ich Jean-Pierre Rampal
Im Zeidner Waldbad ins Wasser stieß & seine
Flöte wurde naß, unsere einzelnen fein durch

Äderten zuckten in den ausgebleichten wachs
Farbenen Badehosen & wir warfen uns diese
An den Kopf & lachten Fritz mit den traurigen

Ohren in Grund & Waldboden bis er plötzlich
Auf einer Palme saß die da gar nicht wuchs.
Die Mädchen mit den wippenden Säumen aber

Waren alle noch Jungfrauen & wir streiften
Unsere kurzatmigen Vorsätze ab, bliesen sie
Auf & warfen sie den Feinden vor die Füße.

Nicolai Kobus

Sie aber, namenlos und frisch geduscht
kam zu mir ans offene fenster, mitten
in einem satz von spinoza beinahe ein schweben
am frühen nachmittag ein windhauch, der körper
naß unter dem flüchtigen faltenwurf
meines alten trenchcoats. eine geste
die bestimmtheit, mit der sie meine hände
lenkte zwischen ihre haut und den stoff
weil sie es wollte, hier und jetzt im stehen.
andererseits
dieses photo von deleuze im offenen mantel
gelehnt an den rahmen seiner endlosen
spiegelkopie. vielleicht heute die einzige
art, sich aufrecht zu vermehren.

Max Sessner

Der tschechische Reiter

Abend und frühes Dunkel wir
hatten eben Licht gemacht
entfernt bellte ein Hund über
die Wiesen und die Pferde
galoppierten wie immer um
diese Zeit durch die Gedanken
meines Großvaters da hörte
ich wie eines seinen Reiter
abwarf ein spitzer Schrei
der Überraschung ich übte
gerade an meiner Unterschrift
Blatt um Blatt immer wieder mein
Name der auch der meines
Großvaters war als sein
Kopf sanft zur Seite fiel das
Pferd vielleicht scheute dann
still stand und verwundert
auf den Mann blickte der
mit dem Gesicht zur Erde
seltsam verrenkt vor ihm lag

Nicolai Kobus

Selbstportrait, Tagesnotiz das krampfhafte
festhalten an augenblicken der gewißheit
in greifbaren bildern wie der asymmetrie zweier
gesichtshälften, wenn unerwartet sich eine art

leben eingräbt unter dem linken lidrand
oder dem rechten? *but your eyes proclaim*
that everything is surface. so genau du auch
hinsiehst in der ersten anstrengung des tages
die wahrnehmung ist immer seitenverkehrt.

Jan Wagner

schleuse

das licht um sechs uhr morgens, die dinge
noch nicht ganz bei sich. oder ganz sie selbst.

anfang märz, der blick aus dem fenster:
die ganze stadt steckte fest im eis.

am balkon gegenüber der leere kapitän,
ein blaues jackett, das sich drehte, drehte.

das licht aber floß durchs fenster herein.
hob uns aufs nächsthöhere niveau.

Johannes Kühn

Bett

Älter werdend
schätze ich es gegen früher
höher ein in seiner weißen Güte,
spät am Abend
wie ein Paradiesstück. O Jammer,
den es verglühen läßt mit seiner Daunenwärme,
der müde Kopf verliert die Sorgen
wie ein Tümpel Wasser. Bett, das solche Wirkung hat,
wie steht es gut im obern Zimmer,
wie glückt mir stets der Blick zur hellen Decke,
und es verjagt die Müdigkeiten,
daß sie am nächsten Tag
gleich angsterfüllten Hunden lange von mir bleiben,
sei gelobt!
Du lockst mich abends
und nie am Tag.
Nur wieviel Jahr noch?
Mein Röchelatem macht schon grausige Musik zur Nacht,
vermut ich.

Sabina Naef

Toilette eines Cafés

auf dem weißen Lavabo
ein schwarzer Spazierstock
als hätte jemand plötzlich
das Gehen verlernt

Andreas Reimann

Der garten d'annunzios

Ein gartenreich: vollendet und mißraten.
Erinnern will sein herr sich. Und vergessen.
Sind das zypressen? Nein. Das sind granaten.
Sind das granaten? Nein. Das sind zypressen.

Du bist verwirrt. Um welche ruhmestaten
laubt hier der lorbeer? Über welch mißlingen
rankt efeu schwarz? – Die, die den park betraten,
versuchen die gewächse zu umschlingen,
um sie in ihre ordnung einzufesseln,
damit sie laut das lob des gärtners singen.

Und wer da schweigt, den peitschen sie mit nesseln.
Und wer da rühmt, dem blüht der oleander.
Und plötzlich traben, um ihn einzukesseln,
die statuen zerlebter abgesandter
aus strauch und busch, aus nischen und aus türen.

Und grauen spricht zur schönheit: «Miteinander
laß uns, du scheusal, den besucher führen
in unsres herrn geborstne labyrinthe.»
Kein ausgang ist mehr hinter den bordüren.
Die dünnen bäche sind durchbläut mit tinte.
Das schiff ist biblisch auf dem berg gestrandet.
Jedoch ein kriegsschiff ists. Mit einer flinte
ist hier die taube nach der flut gelandet.
Und das, o gott, in einem, ölbaumhaine! –

Und bild frißt bild. Und seltsam sind verkantet
die sinne all beim anblick der gesteine,
die einer türmte, um dahinzudauern,
wenn seine verse nicht mehr noch gebeine
uns so vertraut sind, daß wir um ihn trauern ...

Doch selbst der marmor: kann er lang sich wehren?:
der steinbrech wohnt sich fest an glatten mauern,
und moos beginnt den weg zu überqueren,
der farn schäumt auf; die palmen und die feigen,
ansonsten folgsam, sind nicht zu bekehren,
wenn aus dem see die kühlen nebel steigen,
ins glashaus heimzugehn zum überwintern ...

Und angst vergeht. Denn satte käuzchen schweigen.

Welch weisheit sollt ich aus dem schrott noch sin-
tern?:
Mir ging was vor. Das schwenkte frech den hintern
...

Gert Nieke

Im ersten Schnee

Fährten streunender Frauen
Tanzschrittspuren
gelbe Flecken

Am Wegrand
dampfende Urnen
die Pulswärmer blutig
ein dunkles Nachtfell
noch warm
Zeichen aus Asche

und in der Ferne
das Donnern der Lawinen

Sepp Mall

Lichtwechsel

Im Kammerflimmern / endet
das Jahr
in Wellen bricht die Nacht
über die Dinge / über das
was einem anvertraut

Wir holten Brot / sahen
den Eltern zu

wie sie starben / ver-
jagten die Fliegen

Erklärungen / nützen nichts
das Zittern blieb
das Zucken der Welt
: wie Flügelschlag verendender
Vögel
den (ganzen) Nachmittag über
den kommenden Tag

Michael Buselmeier

Erzählte Geschichte

Auch ich bin milder geworden, silber-
haarig auf dem Zeitungsfoto und so
voller Verständnis für jeden und vieles,
das ich früher verhöhnt habe,

stelle ich medizinische Fragen
an verwitwete Professoren und bevorzuge
italienische Arien im Radio.
Wir sind *Leid*wesen,

hat mein letzter Gesprächspartner
gesagt oder hat er von *Leit-*,
von *Leib*wesen gesprochen
und ist da – bei Nietzsche – ein Unterschied?

Im Traum trage ich ständig
ein Hündchen in einem Henkelkorb
durch die Hauptstraße, gelassen
als läge Paula, mein Enkelkind drin.

Und Juden sind mir näher als Moslems.
Jetzt bloß nichts Politisches bitte!
So viel weiser geworden, weißt du
noch immer nicht, was ein Gedicht ist.

Vielleicht war es doch günstig,
mein Indianerleben im Verborgenen
zu verbringen, kaum belästigt
und mit endlosen Sommerabenden.

Johann P. Tammen

Tagwende

Noch Licht was brüchig hin
stürzt ins Flureck bei der Tür
mehlfarben zu Stock und Laterne
im Stall wer noch gehn kann
ruft laut ins Geduckte

bald dann das Stechen der Augen
aus dem Fleisch der Kartoffel das Zwiebel
häuten mit abgewandtem Gesicht

ohne den Glühfaden Helligkeit
aus eutrigen Himmeln kein Wärme

stau mehr in den Kissen kein
Weg aus dem Labyrinth noch atmet
der Katzenbalg auf der Gartenbank

im Schatten des Brillenbügels
narrt Fliegenkot auf der Zeitung
alles gebunden an den Tag

aus schierer Vergangenheits
tölpelei aus Vergessen der Schnitt
durch das reife Obst geht vulkantief
ins Sorgentuch und nachtlang
zittern die Hände traumbang.

Günter Herburger

Fiúme Tigris

Im Visier gehabt den Krieger,
der Kinder schälen und Tausende
ließ auflösen in Säure.

Jedoch im Lauf ein Protein –, nein,
ein Promulgationsgeschoß, das Gesicht
wäre nicht mehr da gewesen.

Besser der Pfeil einer Armbrust,
deren Spannung von sieben Erg,
zischend in die Ferne

zwischen zwei Panzerwagen,
auf denen Skie standen, bedeutend:
die Armee, bereit!

In die Mutter der Wiesen
den Gebirgler gebettet, der
einen Schal um den Hals trug.

Hätte sanft verbluten können
aus der Wunde in der Stirn,
wo das Netzwerk bloß lag.

Dazu noch ein wenig Musike
schunkelnder Weisen, danach
alle zehn Finger gebrochen

als Entschuldigung, sonst wäre
das alte Körper-Geist-Problem
nicht zu beheben gewesen.

Silke Scheuermann

Curriculum Vitae
oder
Das Problem der biographischen Ängstlichkeit

I

Dies ist eine Welt in der
nur Schmerzen sich noch schneller
verbreiten als
ein schlechter Witz

Meistens stoßen
sie ruck
zuck einfach zu
Selten lassen
sie sich
kurz sehn und
drehn dann auf
halbem Weg um
Dann wieder
wechseln sie den
Besitzer ohne zuvor
auch nur ein Zeichen
von Abschied oder
Ankunft zu geben
wie Haustiere
die sich von jedem
hätscheln lassen

II

Schon im Körper meiner
Mutter durch die rundgeliebte
rosa Wand hindurch
begann ich
den Silhouetten der
Liebe zu mißtrauen
weil sie den Horizont
komplett verdeckten
Doch wenn dann einer von
uns stellvertretend für alle
formlosen Embryos
Beschwerde einlegte
widersprachen die Mütter
Ungeheuer

müssen in euch leben sagten die
Mütter wie roter Ocker in den
Höhlenheiligtümern der
Erde schwer
zugänglich aber
vorhanden weil
wo sollten sie sonst hin
das ist wie mit Gemüse
und Kühlschrank

III

Später
gewannen die Schmerzen
strukturell
Ähnlichkeit mit meinen Träumen
und in den alten Räumen
begannen die
Tapeten die ehemals
fade warn rot zu leuchten
sobald wir sie mit der
Energie unsrer
Bewegungen anzündeten

So wurde das Zimmer in dem wir hausten
gleichzeitig enger
und wichtiger

Glaubst du
daß wir darin langsam oder
rasend durch ein Loch im Weltraum
runterfallen zuletzt
während der dreiköpfige
Höllenhund mit

Sedativa gefüttert daneben
sitzt schnarcht
Ja sagst du
Er verbreitet
Gelassenheit

(...)

Friederike Mayröcker

die Bächlein kommen geflochten:
wenn das Geflecht der Bächlein

das wird unser schönster und letzter Sommer, sagt er,
Versilbung, abgeschnitten die Zeit, bist dahin, sage ich,
sitzen zusammengesunken in 1 Stuhl stürzen die Tränen
einerlei Tag und Nacht Sommer und Winter, Verdrusz
und Verzeih der Stunden, auf 1 rechten Wange zu liegen
vergraben in Polsterstühlen, verdammt und zerdehnt
der Kalender – worauf warte ich noch, nichts mehr
zu hoffen, zu sehen, zu denken, unerbittlicher
Stillstand des Jahrs. Nicht dieser nicht der vergangene
Sommer in seiner Nähe, ausgestoszen bin ich aus
dem Narkotikum meines Schreibens, nichts mehr bei
Sinn und Sinnen, weisze Gärten in weiszer Ferne, auf
der Terrasse spätabends das Blätterrauschen zu hören
also auf seine flüsternde Stimme zu lauschen von
irgendwoher ... oh ich Fern-Blutiger ich Sterbekittel, in
meinem Schreib- oder Geisteszimmer während die Lüfte
als Veilchen in meinen Nüstern, und die winzigen

bernsteinfarbenen Sterne oder Pupillen, *ade*! und habe schon die eigene Seelenachtung eingebüszt, glühendes Augengewicht oder Flamme in Tränen getränkt, getunkt,

usw.

für Ernst Jandl

Ludwig Fels

Talking Blues

Muß ein Ende haben dieses graue
kalte Etwas zwischen Haut und Haut
diese Luft in den Haaren die nicht abfärbt
der Sonntagshimmel durch ein ziemlich großes
Loch in der Unterhose betrachtet.
Morgen arbeiten wir. Nicht vor dem Frühstück ficken.
Muß ein Ende haben dieses Kreisen
in einem selbst. Träum ein Gedicht!
Vergiß es im Schlaf! Der Schnellste erzählt einen Witz
das Leben ist lustig. Es läßt sich aushalten.
Das kann ein Ende haben. Muß aber nicht.
Zwischen den Zähnen diese Federn dieser
Geschmack von blutigem Papier. Ticktick.

Elke Erb

Abschied

Es ist eine alte Übung, so zu beginnen,
daß man vorher nichts weiß / und nachher
nichts gewußt haben wird, gefahrlos.

Steffen Jacobs

Hausapotheke

Eine Liebschaft mit einer Apothekerin,
das wäre mal was.

Erst rührten wir die linden Leiber an,
dann nähmen wir die Rote Liste durch,
vorwärts, rückwärts, seitenweise,
nach der Art mildtätiger Giftmischer.

Müßten wir uns früher oder später
auch tiefere Verletzungen zufügen,
lägen Jod- und Bromintinktur stets bereit
zum scharfen Beträufeln der Wunden.

Das gute *Prozac* machte uns in dunkler Zeit
lichtdurchlässig und heiter;
paar *Valium*, gemeinsam geteilt, schon
trieben wir ab in selbsterfüllten Schlaf.

Da aber du keine Apothekerin bist,
sondern bloß Engel oder Erinnye,
laß uns auf die vorhandenen Mittel hoffen,
erstellt nach namenlosen Rezepten.

Ohnehin durch keine Impfung zu ersetzen:
dieser zarteste Druck meiner Lippen
auf deinen weitaus zarteren Nacken
mit all seinen unabsehbaren Folgen.

Hilflos vielleicht, doch immerhin und immerzu
eine heilsame Verheerung des anderen.

Friedrich Ani

So bin ich groß geworden von Wondratschek revisited

Woraus ist was aus
wem ist was geworden? Ich meine
dich und mich, wie wir hier po
senfertig stehn und aufgeblendet
schweigen, als wärn wir Profi
filosofen. Ich meine
uns, die wir mit Ausnahme von
Dylan, Hölderlin, Rimbaud und,
die Gerissnen unter uns, die
arme Sylvia plus ihrem Ofentod,
niemand sonst für göttlich
hielten vor dem Fick. Doch vor
dem Fick ist nach dem Fick, das
ist ein kosmisches Gesetz, das wir

zu oft vergaßen.
Was ist aus uns geworden? Dich
ter womöglich? Buch
stabenverwalter? Prosakellner? Quo
tenviehzeug? Wer
sind wir heut? Wer bist du
hier? Erinnert sich der Wirt an
unsre Riten, unsre Ritas? Ich trink
wie damals und es schmeckt
nicht. Habdichsoforterkanntgehts
gutmirauch.

Peter Geißler

MAN WEISS wenn ein Unglück passiert ist
        oft nicht warum der
Strick war gut die
        Nägel waren neu am
Hammer hat es nicht gelegen oder am
        Holz oder an der
Kraft alle
        Knoten waren fest wir
hatten sogar Zeit für eine Zigarette trotzdem

Warum passiert dann manchmal ein Unglück
        Warum ist man manchmal nicht bei der Sache
Alle haben gesagt du
        kannst es dann
mach es
        Warum passiert dann manchmal ein Unglück

Jörg Neugebauer

so sad about us

In memoriam John Entwistle

Hatten wir nicht eben erst angefangen dick wie Diebe
dazustehen
in zusätzlichen, der Verkleidung dienenden Anzügen?
Derart vermummt, starren wir jetzt in den brennenden
Himmel,
untätig sinnlosen Angstschweiß verströmend.

Stumm sitzen die Vögel auf ihren Zweigen und warten auf
Lisa Ridley,
die ihnen sonst immer Futter bringt. Wir wissen zwar:
Von jetzt an wird alles anders sein, Lisa Ridley wird kein
Futter mehr bringen,
doch auf welche Weise sollen wir trauern um sie?

Und war unsere Welt nicht klar und deutlich geordnet
gewesen?
Ach, all die eingefangenen, aufgespießten, wohlbeschrifteten
Schmetterlingsseelen!
Dies Schwitzen in unseren überflüssigen Anzügen!
Bloß: Der Himmel wird erst aufhören zu brennen, wenn
Lisa Ridley doch wiederkommt.

Nicolai Kobus

jimi plays monterey

jimi linkerhand *mr. speed king* der mann
mit den tausend löchern im arm sein blut ist tau
von den göttern JA ICH WEISS WOHER ICH STAMME
er trägt ein mal auf der stirn den zehrenden kuß
von *sister morphine* sie geht durch die wolken
und er folgt ihr hinauf in höhere schichten
die dünnere luft auf der bühne die mühe
– arbeit des atmens wie in der nähe
größerer brände *let me stand next to your*
fieber seit wochen ein verschleppter infekt
in den mürben knochen diese müdigkeit
noch keine dreißig kaum nennenswerte nahrung
seit tagen UNGESÄTTIGT GLEICH DER FLAMME
sein gesicht bis zur kenntlichkeit deformiert
vom inneren drängen der alkaloide
kein thema er schüttelt routine aus dem ärmel
aus dem zitronengelben rüschenhemd
paar pittoreske posen für die kamera
als *voodoo chile* schamanenrituale
bißchen brandopfer gefällig (*slight return*)
der brennstoff ist feuerzeugbenzin ein zippo
die initialzündung *made in the u.s. of a.*
i too sing für nichts GLÜHE UND VERZEHR ICH MICH
nach ruhe und ein wenig hinterlassenschaft
bei all den gestalten dort unten im rausch
ihrer großen kollektiven verlassenheit –
you've gotta make them dream von anderen welten
verzauberten steinen engeln die treppe hinab

steigend dem scheitern entgegen den ebenen
und rasenden najaden kapiert ihr das nicht
die gitarre bin ich *watch me burn* orpheus
enlighted die brennende leier selbstentzündung
mit der linken hand Licht wird alles was ich fasse
sechs saiten kopfüber noch immer unter strom
das feedback eine kettenreaktion es ist krieg
ein hochplateau in flammen rauchsäulen
bis in die stratosphäre über den köpfen
der leute im auditorium geschützgarben
flugzeuge fallen vom himmel die erde
bricht auf flüsse treten über die ufer und er
wirft die leier in die fluten lauscht dem rauschen
durchgebrannter röhren aus verstärkertürmen
hinter seinem rücken Kohle alles was ich lasse
und geht schlafen zwei jahre später jenseits
des atlantiks übernachtet bei freunden in hotels
zwischen rotterdam und london spielt noch
mit kindern auf dem teppich in der diele
ein netter junger mann mit schlafproblemen
– zwei vesperax normale dosis genug
für ein pferd *ride on* doch diesmal neun er braucht
den schlaf was jetzt noch brennt ist magensäure
die schäumt bis in den rachenraum und frißt
wie feuer sauerstoff aus allen atemwegen:
Flamme bin ich sicherlich

II

Krähe, Stubenfliege und kalter Truthahn

Lutz Seiler

im jahre eins, das war

das scharren am boden, aufgekratztes
schweigen &
vom tod gefaltet: winterfliegen.

das erste – ein kriegsherbst, wenn
die dinge schon von
einem nerv durchzogen sind, entzündet an

der luft. die treibjagd holt über
dem acker die schwerkraft
der gleise *entfernungen*

schrumpfen & wer
gerade unterwegs gewesen ist, verschwindet
in seinen gedanken: du

siehst die fische spuln an zarten strähnen
männer, die in hohen wellen husten. wenn
das bloss reisende uns abwirft, hörst du

pferde im abfluss, getrappel &
        eine brise, die
aus den kanälen chemisch

aufwärts weht; du lauschst, gebannt, vielleicht
gibt es noch die zauber-spinnen, die
in den alten rundfunk-stimmen hocken, winzig, gut
verborgen, ein
        juckreiz nur im ohr
        von *relativität*

Heinz Czechowski

Der Mensch als Schöpfer seiner selbst ...

Ich fick dich, du Kuh, pflegte mein Freund
Zu seiner Freundin zu sagen. Heute
Wird er, nicht nur älter geworden,
Zurückhaltender sein. Wir sangen
Am Rande der Weide fröhliche Lieder, die Kühe
Kamen zu uns, um gestreichelt zu werden.
Die Zeit ist vergangen. Die DDR
War uns kein unproblematisches Land.
Daß wir uns selber verrieten, wußten wir nicht. Jetzt,
Am Rande des Alters, registrieren wir
Unser Versagen. Nur eines
Bleibt uns unerklärlich: Wie
Konnte die Seuche in unsre gehütete Herde
Einbrechen, uns wie hysterische Lerchen
Emporwirbeln über die Fluren der Heimat? Einmal
Waren wir alle das Volk. Jetzt

Sind wir doppelte Opfer unsrer Erwartungen:
In unseren Akten schwelte die Zukunft. Verratne Verräter,
Wußten wir früh schon, daß uns der Wahnsinn der Rinder
Einholen würde. Landläufig
Sage ich heute: Wir schöpften uns selbst
Aus der ungeklärten Grube unsrer Vergangenheit
Und gleichen jetzt den gekeulten Gefährten des Nichts.

Andreas Reimann

Rangsdorfer elegie

Seit hier wir saßen in der gartenfrische,
ist ein jahrzehnt und jener staat vergangen,
in dem wir weilten. – Überdoldet prangen
die fliederbüsche. Tja, die fliederbüsche!

Derweil verstrüppt, nicht harrend mehr des schnitts,
der rebstock wüst. Am hanfstrick aufgeknüpft
die hühnergötter, moosgrau schon. Nun schlüpft
die maus durchs gras, seit sie erfuhr: besitz
und eigentum verzweien sich famos
nach neuem recht: sie stiehlt ihr hab und gut!

Und hat, wie wir, all ihr vertraun vertraut ...

Ach, sagst du ‹ruhe!›..., klingts wie ‹regungslos› ...

Die mücke aber hinterläßt ihr blut,
das deines war, auf deiner dünnen haut.

Walle Sayer

Kleine Studie

Reglos,
im abgebrochenen Spiel,
stehen die verbliebenen Figuren.

Über Nacht
ist aus ihrem Warten
ein Ausharren geworden.

Im Raum
tut alles Abgewandte so,
als wüßte es den nächsten Zug.

Ein Stilleben,
wär nicht die Stubenfliege,
die unbehelligt durch die Reihen läuft.

Philipp Luidl

Nimm fort den herbst
zurück bleibt eine krähe

Der acker blutet noch
was du ihm in die wunde streust
bleibt warm

Im wind
ein blonder klang nach brot
ein alternder nach rauch

Nimm du ihn fort
zurück bleibt eine krähe

Friedrich Ani

Seltne Vögel

Seltne Vögel spielen auf den Dächern
Schach. Herr Schilling sagt, das
sind Gespinste. Ich sag: Nein, ich
bin doch selbst der Turm und
hab rochiert und stehe klug
und aufrecht, königsnah.

Sei auf der Hut, sonst
schaffen sie den Tag ab,
sagen: Das sind Gespinste, der
Himmel ist geteert, da
rollen Wagen, rollen nordwärts, sonst
wohin. Sei auf der Hut, sie
reden dir das schwerelose
Schwimmen der Trottellummen
aus.

Herr Schilling sagt, ich bin ein
Trottellumm. Und wiederholt, weil
er das Wort so überragend fand: Du

bist ein Trottellumm. Und reißt
den Mund auf, daß er automatisch
lacht. Das sind Gespinste, sag
ich, mach sein Lachen nach, das
habe ich studiert im
Schlaf. Kein Kunststück, wenn man
Proband war für
verschnarchtes Leben.

Jetzt bedrohe ich die
Dame. Jetzt schlägt sie
mich, ich stürz vom
Sims und darf erst morgen
wieder spielen. So schnell ist
alles aus. Das sind
Gespinste, sagt Herr Schilling. Manchmal
möcht ich ihn ermorden. Erst

läßt er mich ins Freie. Dann
muß ich alten Atem
schlucken, meinen Schatten
putzen, obgleich seit Tagen nicht
die Sonne scheint.

Vergib, o Herr, den
Aufsehern nicht.

Vergib, o Herr, nur
uns allein.

Martina Hefter

dort ist neuschwanstein

in staubfreier luft am rand
der hänge ein schwanengebiet
wo man sich kreisend bewegt
sein gefieder pflegt und alles auf
armlänge rückt die löwenzahn-
wiesen schwer begehbar mit
meinen heuschnupfen-schweren
beschwerden hör nicht auf die lerche
hör auf das alphorn östliche schwester
das singt in einer verglühenden
gegend du aber zeigst deine droh-
gebärde vom fenster einer alten
straßenbahn aus oder leuchtest
in den plasteworten am hauptbahnhof
wer spricht heute so eine sprache
eine hinundwegsprache eine gorilla-
sprache, auf die brust getrommelt
ich jedenfalls nies' bloß, stille,
der bärlauch störend, betörend
ich fürchte überall neurodermitis
unter federn von stiebenden krähen

Nora Bossong

Auszug

Am letzten Tag drehte ich das Gas ab.
Ich aß nur noch kalten Truthahn,
zerbrach die Brustbeine, die Zwillenform,
mit beiden Händen, das bringe Glück,
schloss meine Augen,
müde vom Betrachten des Glücksbringens
und hörte nur noch das Knacken
der ausgekühlten Knochen,
die, so dünn und porös,
nichts hätten schützen können
und auch kein Herz
eines kalten Truthahns,
ausgebacken vor Tagen.

Johannes Kühn

Der Stuhl

Man sitzt darin gemächlich, fromm. Wer ihn zerschlägt,
der macht mich krank. Er steht im Garten,
lehnt am Baum. Der Wind sitzt oft darauf,
der Sperling manchmal, und es wäscht der Regen
seinen Sitz. Den Fink schon
sah ich flott auf ihn herniedergehn.
Ich, auf ihm sitzend,
schaukelnd in der Lehne,

genieße Frühlingsstunden,
frohgemut
wie ein Sperling,
leichtherzig
wie ein Fink
und geistesflackernd
wie der Wind.

Andreas Altmann

zwei hunde

die stimme hat sich mit den gleichen
worten verändert. nichts seh ich davon.
vögel singen wie wild. früher fuhr hier
die s-bahn zwischen zwei mauern durch
eine leere, die türen waren verriegelt.
du hast dich in räume geschlossen,
die heut nicht mehr weiß sind an einem ort,
der *wiesen* genannt wird. hier streicht
der wind das gras durch die augen.
die geräusche der stadt sind nicht sichtbar.
die gesichter an den fenstern der züge
sind schnell. jemand wirft den ball
vor die hunde. du spielst mit den worten.
ich bin mir nicht sicher, ob sie zu dir
gehören. es ist immer derselbe hund,
der ihn zurückbringt. du schreibst briefe
an dich. und wartest auf antwort. das
andere tier rührt sich nicht mehr vom platz.

Helwig Brunner

Der Hase

vielleicht, das Murmeltier, etwas
ist da gelaufen, vorsätzlich und klug:
kein Zugriff hat die Fährte gekrümmt,
keine Angst sich eingehakt, kein Pfiff
reißt den Nebel vom Erlengebüsch.
So waren die Wege: fraglos und genau,
bevor die Worte ihre Antwort suchten;
noch heute mäandert mancherorts ein
Bach seine Übersetzung der Geraden.

Jürgen Brôcan

Der alte Bahndamm

als Plan leicht: den Anfang bestimmen, der Strecke folgen;
aber vor Ort gab es keine Spur von Gleis und Schwelle:
dem Gras, diesem sanften Eroberer, gehörte der Weg,
von Holzstegen gekerbt, von Asphaltnarben gequert;

einmal auf dem Damm, waren keine Ausflüchte mehr da,
bloß Ruß unter der Brücke, jahrzehntelang vom Regen-
abwasch verschont, verwitterte Kilometersteine und
Bäume, angesiedelt im feuchten Grund oder gefesselt

durch Teufelszwirn; nichts vom Wummern der Städte,
schwer vorstellbar, wie damals der Zug unter Pfiffen

seine Dampfwolken auskeuchte: Lurche flitzen zwischen
den Kieseln und Milane kreisen dicht überm Kopf:

nach wenigen Jahren eine fremde Welt: geblieben ist
dieser Schlenker um den Vorort, um die Wasserscheide
zu erklimmen – jetzt eine Kalligraphie im Gelände –
und das Dauergesumm der Bienen im verfallenen Stock.

Wolfgang Kubin

Eine Apfelliebe

Wir werden beschattet
von einem Baum am Fenster.
Wer weiß, ob Apfel oder nicht.
Er ist so eingeweiht
in unsere Angelegenheiten.
Er schilt uns nicht,
kein Vermerk in den Akten,
daß hier etwas nicht stimmt.

Du bist nicht die Unterlegene,
ich bin nicht das gewohnte Spiel.
Wir halten einander,
wie eine Waage die Gewichte hält,
mal unten, mal oben,
und schließlich inmitten.
Keine Klage, kein Begehr
betreten den Tag oder die Nacht.

Morgens schickst du mich fort,
mit einem Apfel auf Reisen.
Er lag im Kühlschrank,
so kalt und rund.
Unterwegs mein einziger Begleiter
kühlt er die Hände mir aus,
als wollte er sich wärmen an mir,
so wie du mich erkalten ließest,
um selbst zu erhitzen.

Warm liegst du nun und fern,
der Apfel fügt sich meinem Biß.
Könnte er sprechen, sagte auch er:
Wandle meine Kühle von Hand und Mund.

Nico Bleutge

leichter sommer

für Bernard Noël

als läge noch eine schicht zwischen ihnen
und dem schmalen streif der küste
traten die wolken hervor, scharf ab-
geschnitten an der unteren kante, oben
ein faltiger riemen, in den die möwen kleine
löcher stanzten. beim nächsten aufschauen
hatte dunst die fläche aufgerauht und der wind
verfing sich in den drahtnetzen
knapp unterm wasserspiegel, die vögel
waren längst verschwunden, der himmel
hielt noch ein weilchen jene luft
die unter ihren flügeln rauschte

Thomas Färber

Milder Winter

ich bin so leidlich
lippenlaut
so magenfreundlich wohl
und unverdaut so
augenblicklich grün und
blau ich wünscht ich wollt

dich eskimosen

ich bin so wütend traurig außer dir
so hundeschlitten – hinter mir

ein Feld
vor wilden Rosen

Ulrike Draesner

von grammatik

wie licht
in spalten höhlen türmen
fließt licht in zellen
auf. du bist. doch wo?
die see rauscht schon
genug. wie schwerter drei
wolkenhaie sich übern himmel
schieben: formation. die
nacht ist hell. das rudel
ruft. licht wie es in
spalten höhlen steine
fließt. du bist nicht
wo, nicht wer. du
gehst, der wald steht still.
die erde dreht. das lamm
springt in die see. ein
schatten ruft. was altes
weiß von dir. die kehle
streckt sich schon. der
wolf liebt seinen satz.

Joachim Sartorius

Ice Memory

Eis fließt wie Wasser. In der Tiefe des Eises
sind die alten Klimate bewahrt, vielleicht
ein Schlüssel für die Apokalypse.

Von der Bibel kennen wir Sintflut und Plagen.
8000 Meter tief ist Schnee aus Platons Tagen.
Die Zeit der Maler von Lascaux bei 17000.

Im Eis von Grönland ist vulkanische Asche
von Krakatau, Bleiverschmutzung von alten
römischen Hochöfen und aus der Mongolei

herüber geblasener Staub. Es gibt Bläschen
in jeder Schicht, die von vergangenen Atmosphären
berichten, den abrupten, karnevalesken

Umschwüngen, erhalten über Tausende von Jahren.
Überhaupt verheißt der ungeheure Abstand eine Folge
von Ewigkeiten. Aus der Nähe ist es, als wolle

ein verrückter Bungee-Springer auf einer klapprigen
Achterbahn in rasendem Abflug landen. Doch
uns bewegt ohnehin nur eine Frage:

Wo ist der Abdruck unserer winzigen, nackten Füße?
Es gibt ein strafendes Muster von schöner Regelmäßigkeit:
Der Sommerschnee wird vom Winterschnee begraben.

Manche Eisberge haben einen erstaunlich blauen Glanz. Das hat mit der Dichte des Eises zu tun, von zierlichen Füßen dicht getreten, erklären die Spezialisten der Gletscher.

Juliane Blech

Hungrig

Wie immer hungrig
die jungen Falken
ständig in der Luft
mit spitzen Schreien
vor Lust sich jagende Töne
höher und höher
noch fliegen weiter hinein
in den Himmel aalgrau und glatt
es wird regnen
wie immer wäre Gelegenheit
davon zu laufen
vor dem Schreien des Sommers
diesem vom Wind gepeitschten
Rapsfeld doch es stinkt
bis zum Himmel alles Wegwollen
führt im Bogen bloß zurück
und dort wartet geduldig das
was man kennt
das man das kennt – eine Gewißheit
fast etwas Freude schon
beim Gedanken daran auch
das Gefühl sich zu täuschen
in allem

Jürgen Wellbrock

Wasseraugen

Sie blicken sich an
der Mann und der See
loten die gegenseitige Tiefe aus
Reibung der Bootswand an den Pollern
das Knirschen des Mannes mit den Zähnen
Da ist ein Schmerz in ihm
den der See nicht stillen kann
Da zucken zwei Tiere
eines im See
eines im Mann
Die Angelrute zittert

Katharina Höcker

HOCH, HÖHER, INS RISSLICHT

geschnitten, denn im kolben
der sonne im bremsbacken gebläse im rasen &

rasen der riesigen
blase liegt das problem

Christa Wißkirchen

Comcom

Ich bin hört ihr mich Freunde?
in diesem stillen Tal
hier bin ich gerade
in diesem stillerwerdenden Tal
es genügt sich
mit dem Abend der nun auch kommt
nett aber hier will ich natürlich nicht ewig
Hallo? ich bin
hier das wollt ich nur melden
meldet euch mal
aus eurer Flußmitte was läuft?
ihr laßt mich doch hier nicht
bis bald dann sobald ich
nein bloß nicht hier
zwischen abgestandenen Fichten
unmittelbar zu Gott sein
und das auf Dauer ich komme

Joachim Nehmer

Das Flußpferd

Den Polizisten fragt das Flußpferd,
wo denn hier der Bus fährt?
Der Gendarm nimmt es in den Arm
und gibt ihm einen Kuß.
‹Liebes Tier, hier fährt kein Bus.›
Es scharrt nervös mit seinen Hufen,
‹Dann kannst du mir ein Taxi rufen.›

III
Große Meere!

Johannes Kühn

Vor Jahren

Vor Jahren, welche ins Vergessen ziehn
so viel, stand ich am Teich und sann:
Ich werde über große Meere reisen!
Nun
hat mein alter Arm
eine helfende Verlängerung,
den Weidenstock,
den schlag ich auf das Wasser,
das sind die größten Wellen,
die ich je sah.
Doch hat die Heimatsonne
ein helles Singen auf der Zunge
mit Tröstungen. Es kommt der Schatten,
es geht der Schatten.
Ich hör die oftmals Reisenden im Dorf,
und es vergeht,
daß ich nicht endlos traure,
ihre Prahlerei.

Volker Braun

Die sächsische Flut 2002

Regengüsse, Schlamm in den Häusern
Ein dunkler August
Der Sturz aus allen Kalendern:
Was soll das wern – !

Die Weißeritz im alten Bette
Ein donnernder Zug
Durch den Hauptbahnhof, und die Elbe
Steigt breit die Treppen herauf
Mit ihrem Gefolge
                    Unrat auf Unrat!

Die Landschaft der Liebe Schlamm
Auf den Laken.

Und Dresdens feuertrunkene Tote
Schwimmen nach oben wassersüchtig
So rasch gommdr ni davon/Im Lehm und Tod ni
Es gibt eine andere Welt und so sieht sie aus;
Die albträumende Menschheit

Wir Menschen sind nah am Wasser gebaut
Und verdichten den Boden
Undurchlässigste
Kreaturen.

Schlamm auf dem Schreibtisch
                    mein Stück

Spielt am Strand. Es ist ein Traumstrand
Nackte Touristen und Flüchtlinge
Kämpfen um die Strandburg. Oder in Genua
Weil ich nicht weiter weiß, schlafende Polizisten
Tauschen die Rollen
Es gibt eine andere Welt
Mit prügelnden Demonstranten.

Drei vier Zeitalter von gleicher Machart
Und die Sintflut ist Grundversorgung
(: ein Fondsmanager Fachmann für Verluste)
feststeht, es wird in diesem Jahrhundert rauher zugehn auf dem Planeten, Niederschläge Trockenheit, Wirbelstürme warten an den Fronten, Flieger Fliegenschwärme & atlantische Störungen an den Wassern von Euphrat und Tigris / Die können die Wüste in die Sandsäcke füllen

Wenn mr ni so erschöpft wär, könnte mr heulen.

Sagte ich Liebe
– – – – diese Zeile, ein Plünderer

An beiden aber unglaublich entfernten
Ufern schweißnasse
Von sonstewoher
Stehen einander bei, als wenn se sich kenntn!

Es gibt, ja doch nein
Mein Herz, Schlamm in den Kammern
Es gibt eine andere Welt.

Das Grab meiner Mutter
Steht unter Wasser
Im Loschwitzer Friedhof: was sollchn da Tränen
Vergießen

Jan Volker Röhnert

Buchweizentoast

Für Wulf Kirsten

verkramtes gewinkel, die innenstadt!
Provinzlermentalitäten ohne Hör- und
Sehreflex, wir reden Klartext, knall-
hart! *Politik* setzt einfach fort, *Poesie*

hört auf, sobald du Fehler machst.
Ich hab einen sensiblen Geruchssinn
& kein Kellnerinnenschritt setzt
die Tatsache außer kraft daß, nein auch

als Zeile hätte *Buchweizen, gebrannt*
höchstens kursiv überkulinarisch Bestand.
Zurück zum Text (die Zunge teilt
Silben & Geschmack): Thüringen wir

sehen dich am liebsten durch die Fenster
einer Crêperie! *Ob Südfrankreich ob Grönland*
ob wir den Markt anpeilen, zu Fuß
(ein *Auslauf*modell), das Auge

zum Touristenschreck getarnt: hier, herbst-
selten, die Sonne, besiegelt unsern
Händedruck: die Zustimmung des Wetters
als mindeste Gewißheit über diesem

Ort.

Jan Volker Röhnert

Berlin im Rücken

Kirchmöser, Wusterwitz ... stummer
ist keine Leiche als solcher Ort neben
den Gleisen, wo keiner mehr
heruntersteigt. Auch ich nicht. Wochen-

Endticket durchs ausgebrannte Mark
der Hauptstadt, halbersoffen in
den Wiesen, die bis Magdeburg
hinüber ziehn. Kreuz- und querschnitts-

lahme Betriebsamkeit. Der Kirchturm
bleibt im Dorf. Das Beständige
sollst du loben? Backstein hier
ist weder Gotik noch Barock,

rußgeschwärztes Rot, Ruinen mit
der Rune *LPG* und eine aus-
rangierte Lok. Was ein Haus war,
sagt dir der Haufen Schutt: Über-

gänge fließend. Ein Angler fischt sie
aus dem Wasser, teilt das Geheimnis
mit den Katzen, die auf der Rampe, die
ins Leere schießt, die Schandflecke

der Landkarte erschleichen. Nichts
ist zu begreifen: *transitär,* nicht
transzendent, der schnelle Fensterblick.
Geschreberten Gemüsemetern folgt

Betongequader, in die Wolken parzelliert.
Das Lächeln haben die Plakate für
sich gepachtet. Die Freude ist das Land,
aus dem du abgeschoben bist, drei Flüsse

vom Befehl gekreuzt: *Il faut partir.*

Hans-Ulrich Treichel

Berliner Rätsel

Warum lächelt der Hauswart?
Habe ich etwa die Treppe gefegt.
Habe ich etwa den Müll sortiert.
Nein, habe ich nicht.
Warum aber wechselt der Busfahrer
(von der Zeitungsfrau gar nicht zu reden)
wortlos und ohne Gezeter zehn Euro?
Ein Bus ist schließlich
keine Wechselstube!
Mein Fahrrad steht auch

noch immer vorm Haus. Unangetastet.
Mein neues, geputztes,
voll funktionierendes Fahrrad.
Und dann diese Bäume in unserer Straße.
So viele Bäume und nirgends ein Hund.
Ist das noch Natur?

Lothar Klünner

Seenkette
(Auszug)

I

Sie rauschen ihre Texte, die Pappeln, das Schilf; die Wellen palavern mit bräunlich schäumenden Lippen, – was antwortest du? Da legt sich die Brache ins Bild, die Leere, ein bis zwei Kilometer, für den Wind ein Leichtes, ein Nichts. Du bist kein Wind, längst wissen wir das, doch tu's: von Ufer zu Ufer, gemach, schreib deine Antwort in unsere dröhnende Leere.

II

Miß dieses Land, miß es aus
nach dem Maß deiner Liebe zur Nacht,
bei Tage umgreif's mit dem Atem.
Es kommen die Frühnebelschreie,
schäumen, hasten ans Ufer,
torkeln durchs Queckengras, flattern
mittags zum Licht und verebben.

War ehedem klare Sicht,

so wachsen nun Klüfte und Breschen,
mehren sich Flüchte, es leimen
die Schnecken sich an den Flieder.
Zersetzen wir seine Chemie!
Aber wie kreisen wir's ein?
Sintern ihm unter die Haut?

Freunde, ach wär'n wir unkenntlich!
Doch subversiv wie der Mai
ist schwerlich ein Reigen von Bildern.
Ins eigene Dunkel getaucht,
sind wir den Rätseln am nächsten.
Befragen wir unsere Nacht,
licht wird es über dem Land.

V

Wir hier (das sind die Zementgeborenen und, nicht zu vergessen, auch die Sandgeborenen) haben nicht Berge noch Meer zu Gevattern. Kein Polarstern, – die Lichtreklame wies uns den Weg. War da was, oben? Nicht daß wir wüßten. Die Liebe, so hieß es, sei früh schon trockengefallen. Und tief, in der Tat. Daraus erwuchs, zwangsläufig fast, *Europas Flachland,* zu lange verschossen, verknallt in seine verlorenen Kriege.

So gelehrig jetzt und beflissen! Doch was hilft's? Zu wenig gereift. Wo die Wärme fehlt, bleibt alles roh.

Mathias Jeschke

Späte Hebung

Bulgarische Fischer hoben
bei Sosopol das weltälteste Boot.

Den es vor achttausend Jahren getragen
über das Schwarzmeer,

das Ulmenholzboot, den triebs hinaus
auf die See, schon der hat gewußt,

ein Boot stillt den Hunger,
den einer leidet an Leib und Land.

Richard Pietraß

Die ferne Flut

Zehn Pferde rissen mich vom Blindenschirm
Und kutschten in die Niedern Lande.
Die Kolben flutschten. Eh ich mich versah
Stand ich an Zeelands heikler Wasserkante.

Die Deiche runzelten die grünen Brauen.
Pappeln gaben plappernd Kommentar.
Ich sah die rheingewaschne Oosterschelde
Mit ihrem Schwimmtor, hoch wie ein Barockaltar.

Sah das stahlgeschiente Gleichgewicht.
Sahs und sah es nicht. Denn nach Sachsen
Rollten meine Augen in den Höhlen.
Seid, Freunde, ihr der Bildflut noch gewachsen?

Hält sie, eure satzgeflickte Kante?
Ohne Peepshow, Katastrophenblatt
Wähl ich eurer Nummern heißen Draht
Und hör das Rauschen: die Konstante.

Die Schelde schilt mich. Deutscher Narr
Wasser kommt, und Wasser geht.
Holt sich, was schon immer Seines war.
Ersäuft, was ihm im Wege steht.

Mach hin! Ich habe Besseres zu tun
Als ein versoffnes Moffenherz zu trösten.
Fluß ohne Raum? Schleif dein Gurkenbeet
Statt in Zandvoort deinen Krebs zu rösten.

Wir niedern Lande schluckten manche Flut.
Manchmal entkamen wir, und blasser.
Ich drehte mich und ging ins Polderland.
Mein Fußabdruck randvoll mit Wasser.

Richard Pietraß

Morgendliche Rede

Ich wandelte im kühlen Vondelpark
Umströmt von Skatern aller Mobileländer
Dem Klingelruf durchpulster Muskelbänder
Und Japsgetraps der Moribunden:
Ein Spanner, unterwegs zum Augenblick.
Die Morgensonne stach mir ins Genick
Als mir ein Urlaut in die Ohren fuhr.
Es war, als schrie um Hilfe die Natur.
Doch gings nur einer Pappel an den Kragen
Kirchhoch, gepflanzt in Nachkriegstagen
Als ihresgleichen galt, im Menschenpark.
Die dralle Riesin könnte wen erschlagen.
Ertaubten Ohrs ging man behelmt zu Werke.
Ein Autokran, ein Turm von Panzerstärke
Hievte einen Mann, vertäut an Seil und Ring
An dessen Gurt die Kettensäge hing.
Der Flaschenzug, der sich im Laub verfing
Bracht ihn an die Achillessehnen.
Ich griff zum Hals. Die Säge rauchte.
Armschwer, sank krachend Ast um Ast
Vorm Sturz von Seilen aufgefangen.
Vorm höchsten, letzten, bin ich abgegangen.
Die Seele angenagt, ins De Balie
Am Leidseplein, in Christophs Comedy.
Im Beutel leicht, im Herzen stark
Zog mich der Schlafpfad durch den Vondelpark.
Da lag der Pappelstapel. Röchelnd.
Da stand ich, abgesägt bis zu den Knöcheln.

Wilhelm Bartsch

SIE KOMMEN SIE GEHEN
Mongolen zum Beispiel
Der Fächer Amsterdam
rauscht auf und fächelt
und sinkt zurück ins Seegras

Mongolen kommen gehen
Man sieht sie hört sie kaum
wenn sie breitbeinig sitzen
als roter Halbmond

Am Spui als ein Quintett
mitten im Freitagstreiben
vom Altebüchermarkt
da bei der Schlangenkurve
kreischender Trams

zirpen die Mongolen
auf den Metronomen
ihrer Pferdegeigen
wiegen kleine Jurten
auf ihren Köpfen
blitzt das Chitin
ihrer Käferseide

Kommen ist und Gehen
am Athenäum ein
Bücken zu den Büchern
und mit Bier ein Stehen
vom Cafe HOPPE

bis zu den Mongolen
Sie hören und sie sehen
alles blasen an
die leisen Orgeln
hinter den Rippen
im Klangraum ihrer Schädel

Sie kommen sie gehen
sie reiten auf klug
nickenden Bürsten ein
Man sieht sie hört sie kaum

die Liederpfeile nicht
wie sie vom Bogen schnurren
und lange lange fliegen
und nicht vom Wind gewellt
die Seidenfahnen

Sie reiten durchs Grasmeer
am zirpenden Spui

Manfred Enzensperger

in den orten

mit knogge bin ich schneller
fertig als mit de haan
in kürze erreichen wir domburg
bin ich in domburg
denk ich an amsterdam
in amsterdam sind die grachten

grün vor stille
das abteil schläft
alles scheint
darauf angelegt zu sein
in alles andere zu zerfließen
im fenster ungenauer himmel
sonntagsparks
du sagst du weißt genau
wo worcestershire anfängt
und shropshire aufhört

Jan Wagner

smithfield market

was wir hier suchten, hier verloren glaubten?
wer weiß. erhellt hinter der abgelebten
fassade einer frühen morgenstunde
der alte markt, die halle, ihre stände
mit rohem fleisch beladen: über kisten
und tiefkühltruhen an der decke kreisten
die schwärme blanker haken. lose rippen,
im kilo billiger, in kleinen gruppen
die schlachter – rauchend, zeitung lesend, scherzend.
der plan aus blut auf ihren weißen schürzen
nicht zu entschlüsseln. plötzlich vis-à-vis
der abgetrennte schweinskopf hinter glas.
in seinen zügen auf den zweiten blick
zufriedenheit und so etwas wie glück.

Harald Hartung

Gestern der Anruf

Als ich das Licht ausmachte
war es noch taghell
unter meinen Lidern
war im Ohr die Stimme am Telefon
Rom ist gelb von Mimosen
Es schneite die Nacht
Ich wählte die römische Nummer

Heinrich Detering

Schneekugel

schüttle die Welt im Glas
stell Salzburg auf den Kopf
sieh den gewaltigen Strudel

in deiner Hand den Schneesturm das
Treiben der Flocken: das Ende
der Schwerkraft im Wasser zwischen den Vesten –

welch herrliche Katastrophe
langsam, folgenlos, einfach
und jedesmal ohne Geräusch

Robert Gernhardt

Großes Montaieser-Mittags-Verweigerungsgedicht vom 30. Mai 2002

Wenn ich mich aufsetzte,
was ich nicht tue –
Alter Mann ist kein D-Zug,
er braucht seine Ruhe –:

Wenn ich mich aufrichtete,
was ich nicht mache –
Warum nicht? Das tut hier
bei Gott nichts zur Sache –:

Wenn ich jetzt aufstände,
was ich schön lasse –
Mir ist als ob Aufstehn
nicht recht zu mir passe –:

Wenn ich das täte, wovon ich gesprochen:
Ich sähe die schönste Toskana seit Wochen.

Philipp Luidl

Notre Dame de Paris

Du bist die ikone der stadt
ihre dunkle müdigkeit

Wieviele sonnen
sind niedergebrannt

Wieviele abende
gingen in rauch auf

Schwärzten dich
bis in die spitze des turms

Wie lange noch
stufen steigen

Wie lange noch
späher sein
fragst du

Ausschau halten
ob einer kommt
den balken geschultert

Anne Dorn

Bouillabaisse

Der kleine Augenblick, den ich so liebe,
im ‹Terminal› am Gare du Nord,
wenn ich bin, wer ich sein möchte:
Man zieht mir den Tisch beiseite,
rückt mir den Stuhl. Mir benachbart
ein Mensch, der Austern schlürft,
gedankenverloren.
Auch mir die weiße Serviette
aus Leinen über das Kleid. Und
Bouillabaisse, dieses Gemisch aus Meer
und Blütenstaub. Keinen Wein,
aber das edle Wasser. Räkeln
unter den Augen des maitre d'hotel,
der Obacht hat, auf mich,
wie sonst niemand.
Das Messinggestänge voll Glanz,
die Schritte gedämpft, Buchara, rot.
Und alle, ausnahmslos alle,
weltverloren
kurz vor der Abfahrt,
gekommen woher denn,
und unterwegs nun, wohin?
Dieser Augenblick zwischen den Zügen,
voll schmackhaft bitterer Süße
des Safrans: «Bouillabaisse!»

Jean Krier

Ile de la Cité

So sei sie, die lose, die himmelweite Stadt. Erklär
doch mit ihren Katzen die grüne Nacht, während
über dem Fluß die Wohnung sich verzerrt und
die Straßen stehen uns Kopf, daß alles sich sträubt
und das Fell. Alle haben sie aber gewohnt. Manche
auf dem Grund des Schachtes, verdammt
zu ständig wallendem Schall: unter Gelächter,
Geschwätz, Liebkosungen auch, als wäre dies
selbstverständlich, streiften sie ihre Kleider ab,
gaben alles, den letzten Löffel. Die kamen
zum Doktor, zum Trennen, zum Sterben. Erschrick nicht,
du wirst nicht gefressen, wie du da wanderst
auf endlos knarrenden Dielen. Für geile Hechte
die Brücken sind leicht und wie zum Wechsel gebaut.
Das geht an die Eier. Da verliert einer schon sein Gesicht
in den Händen. Fällt durch den engen Spalt. Erklärt
doch mit ihren Tatzen die verklärte Nacht,
rückt die tobende Decke ins rechte Licht. Denn so ist es,
kleinkariert der Himmel, ein zu weites, zu saures Feld.

Paris, August 2002

Axel Sanjosé

Südliches Sonett

An weiße Mauern scheint die Sonne streng und friedlich,
ein schwerer Hauch von Nichts und Allem rührt die Pinien,
und Bänke schmücken leer den Dorfplatz. Unermüdlich
trennt Schatten Staub von Staub mit immer neuen Linien.

Die Welt ist fern und nah, so nah wie Abessinien,
wo Hunde ruhn. Der Wind weht abends unterschiedlich,
doch jetzt nicht, jetzt ruht hier die Welt. Die Welt ist südlich.
Der Eukalyptus wacht, hier walteten Erinnyen.

Aber das Meer. Reineres Sein. War vorher schon, war
schon, bevor es war, schuf sich,
ein Rauschen, das sich lauscht, ein Schrei'n, das Möwen
ist, ein Schwellendes, ein Rausch, ein Schaum,
schöpft draus das Sich, ein Salz, ein Tausch: ein Ich,

ein Grün-wie-Weiß, das brandend bricht, das stürzt, das
spuckt: Fisch, Schiff. Dort steigt kein Baum.
Raunender Raum, schieres Gemisch, ein Grau-aus-Blau,
spritzt, spricht, zischt
außer Traum und Saum, der selber sich verwischt. Ein
Nichts, das
nie erlischt, ein dicht'rer Schein, wie Gischt.

Klaus Merz

Weißer Fleck

Einstieg in ein Gebiet
südlich der Bangigkeit.
Und wie bei allen
Expeditionen
tut man die ersten
Schritte beschwingt.
Flatterhaft fast.

Silke Scheuermann

Nur die Nächte in Paris waren
lang wegen der Ängste und der üblichen
zu hoch geschraubten Erwartungen

(...)
Jetzt nur nicht bewegen sonst
gibt es Risse im Dunkel Orte
an denen das Licht unruhig
herumstochert wie
Finger die
in einer Wunde sind spielen
Die Nacht
hängt als eine von
andern Planeten geknüpfte
Fahne herunter darunter
da ist es einfach zu lieben weil

man das fremde Gesicht
nicht verzerrt sieht
geschweige denn in einer Asymmetrie
Jetzt nur nicht bewegen sonst
reißt dieses Dunkel Hier im
Hotel wo es reicht daß wir
jede dritte Woche Liebe
machen ohne sie großziehn
füttern zu müssen
wo ein Körper
unter dem andern eine
kleine überschaubare
Landschaft ist Es ist
so einfach
weil man sich kurz nur
berührt und doch ein
Ergebnis erhält
das ist lauter
als ein normales Gebet

Christel Mertens

und dann dieses Bild

zögernd die Umrisse von gestern wer es sein wird vom
        Bahnhof
müssen wir warten wer es ist, ob er sich zeigt, ein
        Ankömmling,
zögernd die Linien sich zierende Farben, ob er bleibt,
        werden
wir sehen mit der Zeit aber wieder ein vertrauteres Gesicht

Elisabeth Borchers

Sonntagmorgen, 1. Juli 2001. Zehn Uhr sieben ab Como

Einmal am frühen Morgen
wird das Licht der Venus verlöschen
verlöschen wird das Geräusch der Wellen und Hunde
der fernen Züge, die uns fortfahren auf
immer und ewig.

Am frühen Morgen schon sammeln sich
die Abschiede und machen die Welt eng.
Jede Zypresse ein Stich.
Jede Sonne ein Brandmal.
Jeder Mond eine Verengung der Arterien.
Die harmlosen Tunnels rufen ins Schwarze.
Der vom Sturm verbogene Kirchturm ins Licht.
Von den Bergen herab das Eiswasser
grün über die unschuldigen Steine.
Die Seen stehn aufnahmebereit
am Fuß der domestizierten Felsen.
Ein Rauchzeichen, das herüberweht
über das sonnengefüllte Tal ein weißes Viadukt.
In der Höhe die Flecken vom ewigen Schnee.
Sag nie mehr ewig, das Wort
mit seiner schmerzenden Leistung.
Seitlich en bas die Autotiere, sie sputen sich.
Nächster Halt Lugano.

PS. Ich habe Brunnen verräumt
die den Schmerz lindernde Klinik.
        Ich habe Montale, Vallejo, Heaney gelesen

Gedichte unaufhörlich in den Tag hinein,
in die Nacht hinaus, ich schwelle an,
du liest und die Sternbilder werden sichtbar.

Werner Fritsch

Im Faradaykäfig des Jetzt

Bachchoräle aus dem Autoradio Eiris sâzun idisi
Sâzun hêra duoder Unterm Teer der Fugenrhythmus
Der Reichsautobahn Suma hapt heptidun
Suma heri lezidun ist fort Merseburger
Zaubersprüche abgefackelt über Kaminen
In der Nacht schluckt mein Fahrzeug Phol ende Uuôdan
Unentwegt Uuorun zi holza Zungen die sich
Sôse bêrenki sôse bluotrenki sôse lidirenkî
In die Zukunft fressen Woher das Halleluja
Händels vor Leuna Bên zi bêna Bluot zi bluoda
Zu dir unterwegs im Faradaykäfig des Jetzt
Lid zi geliden im Licht der Kreuzotternzungen
Über granitdunkle Himmel hin
Gold ein Augenblick Paradies
O Pupillen erfüllt vom Kugelblitz der Kindheit
Plötzliche Tränen Kristalle
Des Regens auf der Windschutzscheibe
Und drüben ein Reh fast auf der Fahrbahn
Steht mir mein Vater vor Augen
Es kommt auf uns zu
In die Grube zu fahren oder ins Feuer
In das Elend der Elemente zurück
Im Geist unseren Tod sehen

Und offen zu sein für alles Leid ringsum
Ist schwer wie der Stein in der Brust
Nach uns erst auf ewig im All unterwegs
Feuer Wasser Asche was weiß ich
Das Blei der Buchstaben im Kopf
Und Bilder eines dunklen Horizonts
Magmaherz Jetzt meines zweiten Kindes
Im Paradies noch des Mutterleibs
Ist es der Dornbusch
Der aus mir spricht in Zungen
Schweig ich vom Rauch
Meiner Sünden gewürgt
Wer unter euch hat nicht getötet
Mücken zumindest
Wer hat das eigene Leben
Nicht am stärksten gespürt
Dem Tod gegenüber
Ein Stück Eisen auf der Autobahn
Schwarz im Schatten einer Betonbrücke
Ein dumpfer Schlag
Und du kommst ins Schleudern
Schlingerst hin und her
Links Metall des Mittelstreifens rechts Hügelkuppen
Eines gerodeten Kiefernwaldes
Johanna jäh aus Träumen gerissen
Schreit in dem Augenblick da du denkst
Jetzt kann ich das Steuer nicht mehr halten
Kriegst du Gewalt über den Wagen
Und Johanna weint in diesem Jetzt
Die Stille Und dann der Sturm Laster
Die uns zermalmt hätten
Wenige Minuten
Wenige Meter anderswo

Und wir atmen durch in diesem Jetzt
Ist Glück daß es jemand gut mit uns meint
Meine Mutter sagt später Dein Vater
Im Auto das Reclambuch Älteste deutsche
Dichtung und Prosa Ich soll das Muspilli
Übersetzen all das furchtbare Dunkel
Die schwarze Milch unserer Sprache
Und es leuchtet plötzlich
Der Weingartner Reisesegen heraus
Ic dir nach sihe Ic dir nach sendi
Mit minin funf fingirin funui undi funfzic engili
Got mit gisundi hein dich gisendi
Ich sehe dir nach Ich sende dir nach
Mit meinen fünf Fingern fünfundfünfzig Engel
Gott mit Gesundheit heim dich sende
Wir sind unter sieben Regenbögen durchgefahren
Im Schwarzwald Uta und ich Mitten im Leben
Mann und Frau im Faradaykäfig des Jetzt
Fahrzeug auf Felgen aus denen Funken fliegen

IV
Landeskundliche Berichte

Ron Winkler

deutsche demokratische R.

Exquisit war dein Leben hier, Delikat
in der finalen Gesellschaft zur Rettung des Menschen
die Geburt bereits eine Übererfüllung
zum Wohle des Volkes der Gattung Genosse

dein verheimlichtes Ich galt als Projekt
im Sinne der Zukunft und Lenins, Meister von morgen
auf der Überholspur wie Heimleiter Ulbricht
seit an seit mit den Klassikern ohne Zeitverlust

die neue Zeit, die weiter gesteigert werden konnte
von Planjahr zu Planjahr, volkseigen und souverän
wie die Kuba-Orange, Vitamin für den Frieden,
der Richtung Westen marschierte, im Rücken Feinfrost

in den Adern das Ringen der Lehren, Coca Cola,
Biermann und der schwarze Kanal, bis (Jahre später)
nicht mehr zu übersehen war: diese aufgehende Sonne
wird nie eine aufgegangene Sonne sein

Ron Winkler

dt. demokr. Relikt

zwischen Sandbänken und Stacheldrahtharfen
Prora, Eisenhüttenstadt und Schneeberg II überzeichnet
der ostelbische Traum, eine Seitenmoräne der Geschichte

gegen DIE SELBST VERSCHULDETE ABHÄNGIGKEIT
voneinander eine Fantasie aus der Kategorie *Atlantis,*
kaum mehr als vierzig Jahre in den Atlanten

der visionäre Realismus aus dem Geist der Schwielen –
bis das durch Spruchband und Asche gegangene Volk
zu sich selbst kam und blieb, sanft rebellierend

aus der Deckung potemkinscher Sprache heraus
die gelackmeierten Zungen *zügel los* in die Zukunft
behauptend: ich bin das Ich, und ohne mich geht es nicht

Dieter M. Gräf

Der die Ausgezeichnete. Nach W. Mattheuer

und auch die Tulpen: ab
geschnitten, liegen auf

dem ewiglangen, weiß
bezognen Tisch, auf

dem der Kuchen stehen
könnte, wär man tot.

So ganz allein dahin
gemalt, bestraft

mit dünnschißfarbnem
Hintergrund: hervor

gehoben. Niedergeschlagen
die Augenlider. Wir bitten

um ein neues Bild, nun
mit verdorrten Tulpen,

um eine weitre Aus
zeichnung. Dann

um ein Bild mit leerem
Fleck statt Blumen, dann

eines ohne Ausgezeichnete,
das nächste: auch noch

ohne Tisch; die Aus
zeichnungen nun im Westen – –

Rainer Kirsch

Ende der Geschichte

Daß Einer um sich blickt, gilt als vom Übel.
Noch übler zählt, wenn er genauer fragt
Oder von einer Dauer Dauer sagt,
Sie währe nicht: Silbern umreifte Kübel

Voll Unflat neigen sich, ihn zu bekippen,
Auf daß er, was wie Öl kriecht, fügsam ehre,
Und zwar mit Lust, als ob es Krebsrahm wäre;
Der Mensch hat Nase, sie am Dreck zu üben.

Wie Lemminge stehn rings die Kreativen,
Und wie sie schon ein mildes Lächeln toll macht,
Wenn sie sich ruckelnd aus den Büschen hieven,

Damit wir uns zur Neuen Mitte recken;
Es reicht ja nicht, daß uns der Zeitgeist vollmacht –
Wir sollen ihm auch noch den Ausgang lecken.

Michael Basse

Aus der vorgeschichte II

Geld und sex und cuba und che
das ist wirklich nicht neu
wieviel menschlicher weiser weiter
war die ägyptische religion
vor dem großen iconoclash
ausweitung der lustzone nach osten
im westen interkulturelles gedöns
(anstelle metapherngeblök)
cuba libre fin de partie
als die ersten bilder rotierten
war schon alles entzaubert
bis auf ein paar liturgische formeln
lasst euch nicht verführen
zu fron und ausgezehr
(armer b.b. armer che)
es blühen hundert blumen
vorm iconoclash sind alle gleich
einmal durch cuba torkeln entdecken
was man schon immer wußte
ene mene muh und raus bist du
imaginationsmüll von gestern
ikonen von heute
viva che der kumpel lebt
die schlacht um santa clara geht weiter
die schlacht ums staatliche tabakmonopol
von wegen pax americana
nix da

Jürgen Theobaldy

Multiple Sorgen

In Unruh noch, ob Unfall oder Brandanschlag,
fand man in den Resten der Fabrik
den toten Arbeiter aus Afrika,
unter seinem Overall mit allem an,
was er an Unterwäsche hatte.

Ähnlich ausgerüstet, heißt es,
seien viele dieser Attentäter,
deren Leichen man noch finde,
auch nach ihrem Aufbruch noch
in den Himmel voller Kämpfer und Legenden.

Die Frau des Toten, Witwe nun,
beschwichtigt uns: Sein Leben lang
hat sich ihr Mann
geschämt für seine Magerkeit –

beschwichtigt uns: Wer wird sich da
nicht überlegen fühlen?
Wo wir an heißen Tagen gerne
auf das Unterhemd verzichten.

Wulf Kirsten

essig und senf

ach, Iddel, deine essigfabrik,
in brand geraten oder gesteckt,
am ende glutheißen sommertags
lodern die senfbottiche auf,
was nun? pappdächer in flammen,
beißig-beizender qualm, rauch-
zotten, schwarzes gewölk, was sie
nur raffen können, werfen die frauen,
wo nur sind ihre männer?
in panischer angst, eh alles verbrannt
und abgefackelt, zu den fenstern
hinaus, federbetten fliegen und
rußflocken durch die luft, bloß
raus hier, bloß raus jetzt, kein
essig, kein senf mehr zu holen,
verkohltes gebälk nur, brandschwarz
verstaatlicht, auf geisterflügeln
erhob sich die essigfabrik, auf
und davon, aus offnen fenstern
lehnen, arme breithin gebeugt
und gewinkelt, die gaffer,
eine korona lebender brustbilder,
geh zu abend, mein herz,
zuschauer mit logenplatz,
ein schauspiel, gratis genossen,
endlich mal was los in der gegend
aus nichts als essig und senf,
der in bottichen angerührt wird,

selbst beim weltuntergang
werden sie wiederum zusehn,
oberkörper geplatscht,
kissengepolsterte bürger,
von neugier gepackt, grad noch
am leben, während rings
schon nachbar um nachbar
                    im orkus
                        verschwindet.

Uwe Tellkamp

der spiegel

jeden morgen, wenn wir uns in der dämmerung erheben,
ins bad gehen, um die nachtschattengewächse zu kappen,
die im traum unsere körper durchfluteten mit den giften
der erinnerung, dem flüssigwachs unserer wünsche,
hören wir den summton, mit dem die stadt erwacht
und die arme breitet wie ein düsenflugzeug, um abzuheben
in den tag. lichtblut schießt in die adern, in den fitneßcentern
läßt ein zündschlüssel das maschinenherz an.
frühstück, die katze hat in der nacht einen pfropfen
ohropax in die mikrowelle geschnippt, er fällt von der decke
auf schinken und omelett, die tür klemmt, wir rütteln vergeblich.
der zettelwald am korkbrett raschelt mit seinen blättern.
der zahnarzttermin kreuzt sich mit der wohnungsbesichtigung,
benzin ist wieder teurer geworden, und die heizkosten
werden steigen, läßt uns das aschenschiff wissen,
die babysitterin hat abgesagt für morgen. die forderungen
wachsen wie barthaare. wir müssen uns beeilen,

die große atomuhr schickt die lifte für unseren sektor
schon durch die sicherheitsschleuse des ghettos unten.
nachrichten: schießereien, börsenbewegungen, die situation
am arbeitsmarkt. toastscheiben hüpfen wie frösche
aus dem röster, tanzen durch unsere hände, fallen
vierzig stockwerke tief aus dem fenster, du lachst. an der tür
berühren wir uns, küssen uns zum abschied, du
schmeckst vertraut, dein parfum, ein fingertupfen zuneigung,
den der tag bis zum abend von meinen lippen gelöscht
haben wird. du schließt die tür. ein blaumagnet
atmete im blick unserer tochter, hielt für einen moment
die konturen der dinge fest, am rand des räderwerks, jetzt
fassen uns sperrkreuze, wir fallen in fernrohre, die plötzlich
umgedreht werden, geschwindigkeit stürzt auf uns zu,
reißt uns mit. die u-bahnen beginnen zu weben. autos
schwärmen aus, staaten gereizter hornissen. die

hundertarmigen
riesen verpacken die dunkelheit mit dampfenden fäusten,
walken die stadt gründlich, pressen fracht mit stummer wut
hierhin und dorthin, menschenmengen zerfließen
wie geschwenkter sand auf einer goldgräberschale. gesichter,
leer, helle treibblumen, angesaugt von stechuhren.

manchmal
erwärmt sich das kleeblatt im unsichtbaren tuch,
das uns seit der geburt mit liebe schützte und langsam
in unsere herzen wuchs. augen versuchen sich miteinander,
öffnen eine geheimtür für den zitronenfalter,
der das dunkel quert und auf einem lächeln schmilzt.
dann schleppen uns lange förderbänder
in die zonen der arbeit. unsere webstühle
warten, aufgefüllt mit zeit, das zeichenschiff
ist von der nachtschicht noch warm, ein stromlinienförmiger
eishockeypuck, den wir über funkelnde spinnennetze jagen.

hier sind die uhren aus glas, erst die dämmerung
läßt eine stunde erscheinen, scharfgespitzt
wie die bleistiftmine, die den haken hinter der aufgabe zieht.
was ich auf dem heimweg sah an poesie,
war eine taukugel auf der nadelspitze
einer punkfrisur, im supermarkt das lächeln
der kassiererin. aber augen und lippen verrinnen.
zuhause hockt der wäschedrache im bad, dem immer neue
köpfe sprießen, der ausguß der dusche ist verstopft,
wir müssen bügeln, abwaschen, anrufen. die zettel drohen:
ihr werdet verlieren. wir denken: nein, aber
immer mehr arme braucht unser räumkommando.
als wir ausatmeten, spät,
spätabends, sahen wir einen stern. ich öffnete
das fenster und ließ eine biene aus dem zimmer,
für einen augenblick des glücks. wir sahen uns an,
und schwiegen und sprachen doch miteinander,
unsere tochter kam, konnte nicht schlafen, suchte wärme.
der spiegel lag zersplittert, uns blieb,
die scherben zu ordnen. dies aber
blieb uns.

Christoph Meckel

Allergien

Was hast du, erschöpft, von Unlust befallen.
Das Auge tränt beim Anblick der Horizonte.
Die Stimme erstickt in alltäglichen Sätzen.
Das Wort BERÜHRUNG löst Brechreiz aus.

Anfälle von Tiefschlaf, der Grund ist unklar.
Im Raum allein mit einem Handy
einem Brot, einer Fliege
und Ohrensausen zerrauscht den Kopf.

Kommt es vom Wein, vom Wasser.
Vom Wein und vom Wasser.
Aus dem Staub, dem Schnee, dem Saft der Kirsche.
Aus Kleidern, Haaren, Atemzügen.
Geruch von Puder, Kohle, Gas.

Die tote Materie verkümmert,
die lebende schreit.
Auf die Revolten des Hirns
folgt der Aufruhr des Fleisches
des Gen, der Aorta.

Der haarende Fuchspelz, die Wälder im Regen
die Agonien der Luft, des Sandsteins.
Von Spinnfäden des Indianersommers
bleibt eine Peitsche im Gesicht.

Schlechte Nachricht hat Lachwut zur Folge.

Kein Grund, eine Nachricht zu unterschlagen.
Rücksicht, auf wen oder was, ist nicht zu haben.
Und wer kann wissen, welches Übel
den einen beim Anblick des andern befällt.

Es ist die Luft in den Fluren des Fernmeldeamtes
die Ausdünstung des Computers
des Sprit, des Beton.
Man kann ein paar Nächte im Freien atmen
und von Fieber befallen in den Silo zurückgehn
mit gedunsener Haut, entzündeten Poren,
unverträglicher Sommer.

Du entkommst nicht dem Weltraum,
Strahl und Strömung der Galaxiden.
Nacht, Sonne und Zwielicht sind unzumutbar.
Der Schlaf bringt dir nichts von dir zurück.

Die Verwüstung hat noch nicht begonnen.
Geflüster hält Illusion und Berührung zusammen.
Niemand weiß, welcher Schauder dich
bei deinem Anblick im Spiegel befällt.

Jochen Schimmang

Telefon

Doch,
die Arbeit geht voran, und
das Übersetzen kann Freude machen.
Eine feine Autorin, guter Plot, der

Inspektor interessant, herrliche
Beschreibungen, und eigentlich
möchte man sofort nach England,
endlich mal wieder.

Das Wetter? Viel Sommer,
manchmal Dunst und Regenvorhänge,
die Luft sehr mild, und die Erinnerung
an die Sommer früher hier, die ebenso
waren, in den Sechzigern: das
zum Thema, daß alles schlechter wird.

Ja, das stimmt. Die aktuellen Debatten
können schon deprimieren, egal,
ob Bodensee oder Düsseldorf.
Die Tabubrecher
sollen uns in Ruhe lassen, wir
haben ihnen nichts getan.

Für die WM
kann ich mich bisher
so recht nicht interessieren. Spiele
am frühen Vormittag, irgendwo in Asien,
das stört meinen Eurozentrismus. Südamerika
würde ich mir gefallen lassen, Afrika auch.

Ich weiß nicht,
wie es dir geht. Vor vier Jahren
sah das anders aus, mein Gott,
vier Jahre ist das beinah her, damals
die Einfahrt in Paris, mit einem riesengroßen
alten Citroën, gerade begann die Augusthitze, und
ich dachte, ich gehe hier nie mehr weg.

Doch,
beim Termin bleibt es,
in wenigen Wochen kommen wir
euch besuchen. Bis dahin
weiter am Text, mit diesem Handgelenk,
das täglich ein wenig mehr schmerzt,
mit dieser Sehnsucht nach irgendwo,

der Blick aufs Wasser fast ganz verstellt
durch den Birnbaum,
doch abends
leuchten im Garten die Laternen
von Hasseröder Premium Pils.

Jörg Schieke

Ein Mineral erklingt, das steht
        in den Sternen geschrieben, im Sommer
Zitronenbonbons, Schwaden
        schwarzer Freitage, einer bleibt hier, einer
    zum Horizont, aber vom Kopf her ist das
der Hardcore. Die Ausrüstung, die um's Licht

    und die Felgen mich billiger
kommt, als das Zimmer, der von den Wolken
    gezeitigte Spuk, Liebeskummer,
ohne verliebt zu sein, dachte, das wär's, die Mantel-
    und Degensekunde, im achten, in Richtung
September, Herr Tommasek, jetzt
        bloß keinen Fehler; sonst Lohnabzug.

Björn Kuhligk

Ohne Kragen und wenn wirs denken würden

Die Farbfilme lagern in Kühlschränken
ein Beischlaf kann im Treppenhaus
beginnen, ja, unter den Tieren sind
wir die traurigsten

wir ziehen Geld aus Automaten
wir mieten Zimmer für den Sommer
schieben Einkaufswagen durch
einen schwerbestückten Laden

ja aber, WENN WIRS DENKEN WÜRDEN
wir stünden auf Aussichtstürmen, eine Menge
Nomaden im verstörten Licht
«Es gibt Ansätze», würde jemand
flüstern, «Eine Verbesserung»
würde jemand hinzufügen und vielleicht
sagt es dann einer: DER MENSCH ALS
KLEINSTE WIRTSCHAFTLICHE EINHEIT
geht jeden Sonntag Kuchen holn oder
steht vor einem Zielfernrohr
an dessen Ende der Körper fällt, MACHTS
GUT, NACHBARN, ja, es genügt
zu wissen, wie eine Schwertlilie aussieht

Rolf Haufs

Arktisch

Unser Bedarf an Passionsmusiken ist
Gedeckt. Die Kaffeemaschine surrt
Sirup eine Prise Salz
Das einzige Indiz

Jetzt sollen wir den Kasper machen
Ostereier. Bunte Hemden. Wir suchen
Die Herztabletten

Schollenhüpfer auf dem Fluß
An der Angel ein geplatzter Gummiball
Für diesen Planeten wollen wir uns
Nicht erwärmen

Ja es ist das Seelchen
Wir hüpfen davon
Mit arktischem Groll.

Rolf Haufs

Metamorphose

Bei Sonnenuntergang schnaufen sie fahren
Zickzack mit nem Stich
Gottwohlgefällig reden wir den
Leeren Tisch an. Mit dem Licht der Sterne
Sieht uns niemand

Ne Schwarzhaarige bleibt mit uns sitzen
Quatsch mich nicht an
Schon fährt die Polente vor und
Empfiehlt Auswanderung

Am Flugplatz fragen wir nach Inseln
Molchos Caffuccino und Marihuana
Führen Sie nicht? Und der Kirchhof?

Mit Ihrem ungepflegten Äußeren
Kommen Sie nicht mal dahin
Dann eben nicht verwandeln uns
In einen sibirischen Wolf.

Günter Kunert

Shakespeare entsprechend

Von allen vergessenen Träumen
war der eine kunterbunt
und verließ mich doch ohne Säumen,
als hätte er dazu Grund.

Daß ich dem Traum nicht behagte,
er den falschen Kopf sich erkor,
und ich kein Erinnern wagte,
damit er sich nicht verlor

für irgendein anderes Wesen,
das ihn noch dringender braucht:
Bin ja selber ein Traum gewesen,
zum Verschwinden nur aufgetaucht.

Eva Simon

gelbe strähne

wir saßen da vor unsern vollen
dosen bier von richard rorty
war die rede und alle zehn
minuten stand einer auf die
platte umzudrehn und sprach
dann von foucault obwohl noch
keiner was gelesen hat von uns

von dem das war egal denn auf
diskurse kommt es an und ab
dem vierten bier sah ich
nur noch die gelbe strähne haar
die ganz bestimmt nach honig
riecht und weit in deine stirn
fiel und bebte wenn du dich
empörtest

Hendrik Rost

Aufruhr in den Zimmern

Hinterher haben es alle gewußt, wie Tiere,
unruhig in der Nacht vor der Erschütterung;
in der Herde wird gekalbt,
oder gibt es einen Sinn, der nicht leugnet,
was die seismografischen Füße längst gespürt haben?

Daß der Boden wirklich schwankte,
war unnötig, eine erklärte Pointe, die einen Witz
nicht lustiger macht,
auch wenn man ihn nicht verstanden hat,

Gläser in der Vitrine stoßen an auf genug
der leeren Versprechungen, dein Foto
war im Rahmen verrutscht, zeigt an,
wie wenig gefehlt hätte

auf der Skala unserer Möglichkeiten.

Kerstin Hensel

Weihnachtsmarkt

Wir haben die Kufen gewetzt, hey, unser Schlitten
Der sich ins Zeug legt: den Damm
Der Kurfürsten 'runter. Wir
Haben uns klebrige Herzen versprochen
Wir woll'n unsre Träume im Punschtopf verkochen
Hey, unser Schlitten – die Funken, die Funken!

Auf Feuerzangen das süße Entsinnen
Wir knacken den Mandelkern. Bitter
Dreht dreht der Rest dieses Jahres
Zuckerwatte um unsere Finger.

Dort Eisbomben, hier: Tütchen voll Schnee
Auf die Lippen, die Augen
Bluten. Der kommen wird
In Saus und Braus, unser Schlitten
Vom schwarzen König gezogen.

Und auf den Buden Christkindl hocken
Aus dem Versand, sie reiben
Die Knöchlein sich warm.

Es klingeln die Eisöhrchen, klingelt das Geld –
Hey unser Schlitten der nicht mehr hält

Andreas Reimann

Der wandel

Jauchtzet, frohlocket! Denn alles ist anders:
die werte werden, sofern man den maßstab
noch irgendwo findet, mit eifer geprüft,
der größenwahn wird nun benannt und verbannt,
bezahlt wird das öl und der körnige reis
nach maßgab der mühen am bohrloch, im schlammfeld,
daß jene, die fördern und säen und ernten
es warm haben mögen und was in den mägen
tagtäglich wie wir.

Bestraft wird der täter, doch nach dem zerfall
des feindbilds kein neues erfunden.

Und wer sich soll machen kein bild von gott,
versucht nicht länger, anderen leuten
ein solches zu formen

Wer eine liebste zuhause hat,
der darf getrost bei ihr bleiben.

Wer keine liebste zuhause hat,
muß dorthin nicht gehen, wo keine er find't.

Kerstin Rose Schlageter

Auszug

Nimm alles mit reiß mir
die Arme aus lege
die abgetrennten Beine dir
auf deine Schultern

Vergnüge dich mit meinem
Mund die prallen Brüste
reiche herum bezahle
mit mir deine Schulden

Nimm alles ich hab
keinen Anspruch darauf
nur die Augen laß hier
damit ich dich endlich

verschwinden seh

Peter Salomon

Gedicht aus dem Wintergarten. Ein Stimmungsbild

Ihre Augenfarbe ist orange.
Die Mütze hat die Farbe petrol.
Mit grellgrünen Stricknadeln
Strickt sie an einem bordeauxroten Pullover.

Eine gelassene heitere Grundstimmung
Scheint ihrer Sesselecke zu entströmen.

Es ist schön zu schweigen, berührt vom Geruch
Aus den fahlen Weinbergen Anfang Februar.
Ein tiefschwarz gelackter Rabe stakst draußen
Durch die Reste eines Kleefeldes.
Am Himmelsstrich wackeln die Bäume.

Zwei Trupps erlebnisorientierter jugendlicher Gewalttäter
Stürmen durch das Bild von rechts
Nach links und umgekehrt.
Sie wollen das Eis von den Bäumen schießen –

Walle Sayer

Eingrenzung

Als sei Jetzigkeit
allein schon Gegenwart,

die Ferne hinter der Mauer nichts
als die Ferne hinter der Mauer,

an einem Vortag wie diesem,
naßkalt, auf Allerheiligen hin,

da irgend jemand das garrende
Friedhofstor geölt hat

und die Gräber gerichtet sind,
die Schmerzparzellen.

Michael Lentz

EIN WELTBEWUSSTSEIN. wo das ist.
wo das kreise zieht. was das akzeptiert ist.
wo da jemand zuhört. wo da jemand was tut.
wo da jemand einen mucks tut. wo da jemand
aufmuckt. wo da jemand mücken verscheucht.
ein weltbewußtsein. ein schlechtes
wetter. ein schwerer stolz eine pflicht
ein luftschlag.
ein frieden.
ein weitermachen.
eine sorgfalt.
eine realität.
ein versehen.
und noch ein weltbewußtsein.

Ludwig Harig

Deutscher Fußball

Der Deutsche Fußballbund, bei jedem Amtsgericht
als Körperschaft bekannt, vereinigt treu und bieder
im strengen Wortverstand Gehirne, Rümpfe, Glieder.
Sein frommes Credo heißt: Erfolg und Zuversicht.

Zwar nimmt er jedermann gehörig in die Pflicht,
doch schillern Sein und Schein. Er brüstet sich solider
als er es wirklich ist in seinem Auf und Nieder.
Die Form des DFB ist das Barockgedicht.

Der Vorstand herrscht autark, kokett und kategorisch,
die Taskforce, ein Behelf, ist letztlich illusorisch,
und auch die Bundeself zersprengt nicht ihr Korsett.

Ein jeder Fußversuch vollzieht sich metaphorisch,
und was geredet wird, erledigt sich rhetorisch:
Es tönt der Niedergang am schönsten im Sonett.

Ludwig Harig

Das Spiel an sich

Der Wille ist gewiß die Kraft und Überwindung
des innren Schweinehunds, den Luther schon beschrieben.
Er ist der Antriebsschwung der Energie geblieben
für Körper in Kontakt, für jede Form von Bindung.

Geschwächter Wille führt zu Abkehr, zu Erblindung
für das Zusammenspiel. Einander sich zu lieben
erfordert Aufgalopp: Fort mit den schlechten Trieben!
Dem Nächsten spürbar sein ist Sache der Empfindung.

Es herrscht im Mannschaftsspiel ausschließlich, ja extrem
Hinwendung an das Du. Es gibt nichts außerdem.
Der Auftritt eines Stars bleibt pure Episode.

So ist nicht personell die Mannschaft das Problem,
jedoch der Doppelklang von Wille und System,
mentaler Habitus und triftige Methode.

Fitzgerald Kusz

uns gäihds goud: ein lamento

uns gäihds goud
deä diisch an demmä hockn
gibd ned nouch
di schdühl aff däimä ausrouhä
falln ned um
dä buudn undä unsre fäiß
wackld ned
di deckn ibä uns
kummd ned roo

uns gäihds goud
di lufd woumä schnaufm
schadd uns nix
des wassä wosmä drinkn
bekummd uns
dä schdrom in di leidungä
machd di nachd zum dooch
es delefon funkzioniäd
dä fernsehä läffd
di klingl gäihd
di bosd waaß
woumä wohnä

uns gäihds goud
es werd dooch
es werd nachd
am dooch scheind
wemmä glück hamm
di sunnä

und in dä nachd
säing mä
wemmä glück hamm
vielleichd enn schdern

uns gäihds goud
und di zeidungä
woumä ämall drinschdennä
loun nu aff sich waddn
uns gäihds goud

Matthias Göritz

Draussen

trifft Vater (er lebt noch!)
weiter Beamter – sagt: Hallo,
Beamter. Beamter sagt: Hallo,
Vater, nicht weiter

Immer ärger mit
Polizei. Grünes Häuschen. Grünes Mäuschen
Mutter: ach, ach. Vater: Krach, Krach
Mutter ruft Hilfe. Vater auch. Hammer Kr...
Ach, Ach! Grünes Häus- Rotes Häuf-
lei-, lei-

Draußen
trifft Vater
weiter Beamter – sagt: Hallo,

Bekannter. Bekannter sagt: Hallo,
Vater, nicht weiter

Vater sagt: müter
sich sameln, wie aber,
Vater, sich sameln heißt: Vater
und müter und kinder häuf- häuf-
und -lein -lein,
immer ärger mit Polizei!
Familienkeuchlein

V
Und was machen die, die ohne Gagarin und Milchdienst in ihren Gedichten auskommen?

Christian Saalberg

SAG MIR NICHT, wie Gedichte zu schreiben sind.
Es wäre vergeudete Zeit.

Ich habe lange gebraucht, bis ich auf meiner
Kriechspur entdeckt habe, daß Bäume
Bäume heißen und die Türme von San Gimignano
die Türme von San Gimignano sind.

Dann begegnete ich Steinen, weich wie Seide
und einem Wind, von Vögeln in die Wolken
Gehoben, wo er sich bei Ebbe in den verlassenen
Nestern niederließ.

Mit diesem Wind hätte ich den Tisch schmücken
und alle Schiffe heben können, die vor dem
Anfang der Welt in der Tiefe versunken sind.

Warum tat ich es nicht?
Warum fällt mir die Feder aus der Hand, wenn
ich schreibe, daß nur das Geschriebene
Bleibt?

Johannes Kühn

Steuern

Besteuert werden die Gedanken über Hühner,
über Gänse,
und über Frühlingsfarben
und Sonntagsfeste.
Das, was ich zusammenschrieb, besteuern sie,
nie glaubte ich daran.
Siehst du,
niemand wird je aufmerksam auf dich!
hast du gedacht. Nun zahl
für deine Träumereien.

Volker Braun

Die verhinderte Lesung auf dem Vilm

27. August 2001

Eingeladen sind
Die Ausgezeichneten Dichter
Auf die unzugängliche Insel

Regen, Nebel.
Die Kaltfront eines Tiefs
Ist angesagt; Gewölke
Vom Rassower Strom bis zum Dänischen Wiek

Kartoffelrosen, der Hudewald.
Unterm Schilfdach
Der Bundesadler.

Hier im Urwald
Ruhte die Macht aus, uaah
Und die alte Natur: der feudale
Artenschutz

Malte zu Putbus nämlich schon
Es blieb uns ja nichts walter ulbricht

Sturmwarnung;
«Leseverbot».

Rosenlöcher auf dem Festland
Festgehalten! und MS Julchen
Dümpelt
Vor den Leser-Massen –

Wir stehn unter Carus' Eichen
Dreihundertjährig
Und warten
Wie gewohnt
Auf das Donnerwetter.

Die Macht, durch Gewalt erlangt
Ist nichts als eine Usurpation und dauert
So lange
Wie die Stärke des Gebietenden
Die des Gehorchenden übertrifft, Diderot.

Und das Lüftchen
Legt sich, ein Lichtloch

Oben, ein ob- ein optimistisches
Nichtnoch

Aber der amtliche
Wetterbericht (: Rügenradio)
Näselt und nässelt
Und wettert und wittert
Unheil – – –

Ausgeladen sind
Die unzugänglichen Dichter
Auf der eingezeichneten Insel

Höhere Gewalt!
Noch immer, ein Stirnrunzeln
Des Himmels oder hurrah
Der Engarsch.

Die Inselchen, sagte ich
(s. mein Weitgehend durchdachter Plan, 1977)
Vilm, Kamtschatka
Für die Sektierer

Die Abfahrt
In der Abendsonne
Straft die Angst Lügen;
Plätschernde Wellen – – – – –

Im niedrigen Gasthaus Zum Bodden
Stickige Luft, das Bucklikum, ich höre
Vor Grimm meinen Kram nicht
Und die schönen
Rosenlöchrigen Verse.

Jörg Neugebauer

Wo ist der Grund?

Auf ein Gedicht von Pessoa

Was soll mein Leben sein,
ein Ochsenkarren?

Und ein umgestürzter dazu,
zerschellt auf dem Grund einer Schlucht,

in welche er,
vom Höhenwege hinunter
gestürzt sein soll zur Mittagszeit,

so daß ich
unten läge, die Räder nach oben?

Das ist nicht möglich, denn
mittags bleibe ich immer im Schatten.

Welche Schlucht also meinst du und
welchen Höhenweg?

Vor allem aber: Wo ist der Grund?

Norbert Hummelt

die fernen donner

so seltsam kokelig wie es hier riecht
nicht räucherstäbchen noch verbrannte
nadeln folgt man den briefen war es
halb so wild in jenem sommer schreibt
er von der krim: viel obst viel ruhe
wenig tabakwaren. die rauhen hände
durch die immerfort die fünfzig perlen
einer kette gleiten die perlenschnüre
die vergißt er nicht. die hände die das
gute pulver schicken u. die getrockneten
vergißmeinnicht. so seltsam kokelig wie
es hier riechen tut verwahre bitte meinen
apparat recht gut u. stell die bücher zu den
andern hin du weißt wie stolz ich auf die
bücher bin. zitiert ein pauluswort erwähnt
tataren. von fernen donnern ist die rede nicht
jahrzehnte später liest man im gedicht:
viel obst viel ruhe wenig tabakwaren.

Norbert Hummelt

das glück bei eichendorff

erst gegen abend klart es wieder auf zu
spät um nochmals vor die tür zu gehen
da bleibt mein herz bei den regalen stehen

erst kaum geahnt lag jener frühe reiz in
den paar büchern mütterlicherseits von
denen ich die schmalen rücken sah sie
wurden abgestaubt u. waren immer da wie
aber las er sie in welchem dunkeln sinn
gab er sich innerlich den hellen bildern hin
u. träumte sich aus einer engen kammer
um dessen tod herum ich erst geboren bin
wieso warum hat er nichts unterstrichen
ich hätte gerne unsern strich verglichen u.
weiß ja nicht mit welcher hand er schrieb u.
welche lahm hing seit dem ersten krieg erst
gegen abend liest man klart es wieder auf

Thomas Böhme

KEINE ERSTEN SÄTZE MEHR, sie
machen das Gedicht zur Schnecke,
flößen ihm das Gift der Herrscher,
ihren Rhythmus, ihre Ordnung,
erst der Leitwolf, dann die Meute,
traben, traben, Mond anheulen!

Nicht mehr diese schweifgeschmückten
Sätze, eitel wie Kometen,
die auf ihren grellen Bahnen
sich berauschen, Kurtisanen,
denen schafsfromm nachzusteigen
sich bleiche Schwärmer nicht entblöden.

Keine aufgeblasenen Parolen,
die gierig den Refrain begehren,
Reime, Reime, Schneckenschleime,
nicht mehr Namen wie Fanfaren,
Jahreszeiten, stolze Orte
und Wappentiere auf entrollten Fahnen.

Thomas Kunst

Und was machen die, die ohne Gagarin und Milchdienst

In ihren Gedichten auskommen, was machen sie nur,
ohne den
Osten und die anderen warmgehaltenen Entrümpelungs-
hierarchien,
Die kalkulierbaren Datenerhebungen aus Berufsmeta-
phern und
Vergangener Heimataufgabe, warum habe ich nach fast
dreißig
Jahren noch immer die Anfangsmelodie von Daniel Boone
Im Kopf und nicht die von den vier Panzersoldaten und dem
Hund, ich könnte es euch beweisen, aber in einem
Gedicht, das
Mal irgendwann von Anderen gelesen werden kann, darf
Man, glaube ich, nicht einfach so eine fremde Melodie
vor sich
Hin summen, warum ist mir noch immer so wenig daran
Gelegen, die Karl Stülpner Legende zu erwähnen, diese
Ewigen, aufrührerischen Sonntagnachmittage in den
siebziger

Jahren, nur weil dort jemand mit viel Leder in seiner
Kleidung,
Am Ende der Folgen, Hasen über den Türrahmen
aufgehangen
Hat, Hasen für die Armen, die zur gleichen Zeit auch
gottseidank
Noch wirklich hungrig waren, wie alt müßte ich
werden, um
All diese privaten sozialistischen Vorzüge für mich für
Immer zu vergessen; ich vergesse sie nie, obwohl es
sich auch
Weiterhin nicht lohnt, sie anzuführen, anstelle einer
Kindheit
Mit viel Stoffturnbeuteln, anstelle auch von Pausenmilch
und
Kosmonauten, wenn ich gerade mehr Zeit hätte, könnte
ich euch
Sagen, ich meine erzählen, wie es auch ohne Gagarin
Und Kindheit und Milchdienst hier war, aber die Felder,
In ihrer sich selbst überlassenen Heimatwahl, anhand
Unserer Augen von früher, anhand von zuverlässigem,
schon
Aus der Ferne ersichtlichem Einzelbaumtrotz, den gab es
Schon immer, die Felder am Rande der Bäume inmitten
Der Dörfer oder umgedreht, die Nutztiere aus einer
Anderen Generation und auch die groben,
Überholten Geräte nur noch zum Anfassen und
Vergessen, wenigstens die Schwalben und Pferde sterben
Unabhängig vom Gesellschaftsklima, magnetische Felder,
Ohne Anfang und Ende, Mecklenburger, wenngleich auch
Thüringischer Frost, warum so bewußt sentimental, wenn
Es auch romantischer geht, denn diese Art der Verklärung
War doch noch nie etwas anderes als die Übertreibung

Einer vernachlässigten Zuversicht, wenn ich gerade
Mehr Zeit dazu hätte, könnte ich euch berichten, wie es
Auch ohne Gagarin und Kindheit und Milchdienst hier
War, aber ich muß wieder zurück, in meine Gedichte,
Wieder zurück in einen vierten November wie diesen, laute,
Unsichtbare Flugzeuge, Bordgeräte und gelbes Laub, unsere
Schwere, schwarze, schlafende Hündin ginge nie wieder
Von meinem Bett ab, deine herumliegenden Haare gingen nie
Mehr von dieser Wohnung ab, eines davon habe ich
Aufgehoben, um daran zu riechen, ich wünschte mir, daß
Kein Geruch der Welt auch nur ein Haar verfehlen
Könnte, in seiner ganzen Ausdehnung verfehlen, aber um
Ein Haar hätte ich eben beinahe den ehemaligen Schülergeruch
Der unteren Klassenstufen in meiner Heimat verfehlt, in
Seiner ganzen, sich lohnenden Ausdehnung verfehlt, die
Deutschen, allmählichen Rolltreppen mit ihren Spurwechseln
Verfehlt, die mit lauter Schrift parfümierten
Regale verfehlt, die belanglosesten Zeichen on the
Rocks, aber ihr wollt euch schon jetzt nicht mehr daran
Erinnern und ich, ich bleibe dabei, was machen denn die,
Die ohne Gagarin und Milchdienst in ihren Gedichten
Auskommen, noch immer auskommen, was machen sie nur mit
Ihren Liebesliedern im Norden, mit ihren Umarmungsgedichten
Im Westen, denn was soll schon ein Mann, ohne
Vergangenheitsdienliche Herkunft in der Gegenwart, geh
Doch gleich nach Korsika, der weiter nichts macht,
Am Ende dieses Gedichts hier, als sich zu fragen,

Vor der Haustür eines elementaren Kinos, wann
Sie denn wohl endlich rauskommen würde, diese Frau
Mit dem einzigen Fausthandschuh des Sommers, eine
Frau bis auf die Haut, eine Frau bis
An die Schmerzgrenze, in ihrer ungleichmäßigen,
dermatologisch bedingten
Melancholie, wenn du die Werbung nicht mitzählst,
Das Schleifen des Vorhangs, das Koffereis
In den Reihen und das bis auf die
Grünlichen Warnelemente verlöschende Licht.

Nicolai Kobus

der dichter

i've been to the zoo.
i said, i've been to the zoo.
MISTER, I'VE BEEN TO THE ZOO!
Edward Albee

geübten gangs der immergleichen schritte
(was dich am gehen hält, ist keine raserei
von außen das umkreisen einer mitte
von innen sind dir kreise einerlei)

vergleichst du dich mit tieren hinter gittern
mit großen katzen vorzugsweise, die noch jung
und doch schon abgestumpft bis auf das zittern
in feuchten flanken vor der fütterung.

das bild ist schön (der blick unendlich müde
das fell von seidenmattem glanz) und hält
was es verspricht, die edle attitüde:
gefangen und gelangweilt von der welt.

du vergißt: die tiere kennen es nicht anders.
im zoo geboren, ist der zoo die welt.
auch wenn du noch so lange wanderst
der käfig ist, was dich am leben hält.

und doch siehst du dich so an trüben tagen
und fällst auf diesen schönen schein herein.
nicht im herzen, nein, in deinem magen
hör'n die dinge auf zu sein.

man wirft dir fleisch tagtäglich durch die stäbe
zu fressen hast du also, und warum
wünscht du dir, daß es keine stäbe gäbe?
die freiheit bringt dich doch nur um.

Ulf Stolterfoht

syntaktisch mächtig unter druck

sonderdruck. zugleich ein beitrag zur idee vom
schadenssatz. alle
dargestellten schaltungen sind im pulsivbetrieb
erprobt und wur-
den mehrheitlich verstanden. semantisches schwanken
ist nicht zu

ändern. ändert sich selbst. unter den bändern die kurzen.
großstation

wurzen: von einer ungeregelten antenne verteilt sich
dichtung gleich-
mäßig in jede richtung. der erdnahe teil (bodendichtung)
ist dabei
oftmals der prekäre. reflexionszeiten gelten ab einer
wörter zahl zwei
als brechungsrelevant. faustformel: sprache plus
hochfrequenz ergibt
das texas-instrument. stark autorenhörig. für unsere
zwecke unbrauch-
bar. chomsky entriegelt das herzstück: den bühler. als
höchstwert er-
hält man vor speisung am fühler: doppelten spannungs-
bauch in der
dritten harmonischen. zum abgleich steht ein vers bereit.
dann folgt

mit sechs die strophenzahl. den besten spalter baut
grundig. telefunken
bietet neuerdings ein aggregat das mit eigenspucke funk-
tioniert und
in bereits bestehende sätze eingelötet werden kann. ein
beispiel soll
genügen: aus einer gleisner-schaltung werden die
phrasendrehenden

koppelungsglieder heraustypisiert bis schlegel seinen
kleistwert nimmt.
leider gibt es für sonettenkränze kein geeignetes speicher-
medium. hier

muß die leserführung greifen: mit einer doppeltriode
«anapäst» wird das
ausgangssignal einem jambischen diodenquartett zuge-
führt und entsprech-

end verstärkt. das so entstandene negativ läuft durch einen
klanghund
direkt zur treiberstufe «halter». der rest geht ungebremst
daraus hervor.
verfasser liefert auf wunsch bizarre lichtpausen eins zu
eins. nachträg-
lich kann dann mit handelsüblichem flachstrecker ver-
harmlost werden.

Adolf Endler

Das Kreuzchen

Immer, wenn ich jetzt ein Manuskript zur Veröffentlichung
herausgebe, ach,
Denke ich: Sofern es erscheint, dann mit einem Kreuzchen
hinter meinem Namen
Eventuell. – Soll ich greinen deswegen, soll ich lächeln, soll
ich grinsen?:
Mh, daß auch der Tod eines Atheisten mit 'nem Kreuzchen
markiert wird!
Aus dem Herbst vor dem Haus grüßt die Reklame: «Dank
den Ehrenamtlichen im Sport!»;
Paßt ganz gut, was?

Peter Gosse

Eine Antwort

Welch froher Bericht, Chandos:
Nicht Dir verschlägt es die Sprache –
Die Sprache entschlägt sich.

Denn sie weiß es zuerst.

Wenn sie, da Einige schneidiger
Alle über den Löffel balbiern,
Das heißen soll eine Unregelmässigkeit –
Sie tut es, doch eben wie.

Nicht Dir entzieht sie sich, sondern
Sie entzieht sich, zieht aus
Wie die Schlange aus Häuten,
Und die liegen nun rum, in Fetzen,
Als den Begriffen.

Wo aber, die nie Versagende, die
Sich Versagende – wo ist sie?

Im Drunterdrüber, das hervorsprudeln
Machen wird Nennens Wertes:
Rättischen Hunger, welcher das Blut stillt.

Sprache – trägt sie kein Mal auf der Stirne,
So trägt sie das Kain-Mal.

Ludwig Fels

Deutsche Gedichte

Es steht nichts mehr zwischen den Zeilen
kein Platz zwischen den Zeilen
das Papier vollgeschrieben
mit dem Nichts von Heute.
Immer zu wenig
Blut in den Adern, immer
zu kalt.
Immer noch dasselbe hohle Getön
Kunststückchen darüber wie man
die Hände bewegt ohne zu arbeiten
und schicksalsschwer die Seele runzelt, um den Schatten
zu betören
sag ich mal einfach so ist ja auch egal.
Vom Rand der Dinge kommen noch manchmal
Stimmen. Dort wird noch gekämpft
und verloren, dort gibt es noch diese
Leidenschaft der Besiegten und dieses
Lächeln über die Lügen der Liebe.

Kito Lorenc

Großes Zeichen

Zuständig bist du
wie der Straßenköter für den Eckstein
wie der Quarksack für die Physik

Wieso machst du es nicht
unter den höchsten Zwillingstürmen
unter dem neusten Hochwasserstand

Hättest du es nicht
etwas kleiner bitte
wer soll's dir noch heimzahlen

Und mach uns nicht
an, Alien, großes Satz-Zeichen
oder frag uns was andres

Robert Gernhardt

Lied vom Lachen

Der Durchschnittsmensch hat durchschnittlich zwei Beine.
Die tragen seinen Körper ganz alleine.
Mit denen kann er jeden Berg bezwingen:
So siehts mal aus.
Zum Lachen aber muß man Menschen bringen.
Was folgt daraus ?

Wie klänge das: Der bringt mich nicht zum Jodeln?
Der bringt mich nicht zum Kraxeln? Nicht zum Rodeln?
Der bringt mich nicht zum Nichtstun? Nicht zum Machen?
Das klänge dumm.
Ganz anders klingt: Der bringt mich nicht zum Lachen.
Ich frag: Warum?

Wer lädt sich sowas auf wie Lachtransporte?
Wer weiß, wo's langgeht? Wer kennt jene Orte,
wo Witze zünden und Pointen krachen
in einer Tour?
Wo alles juchzt: «Der brachte uns zum Lachen!» –?
Ich frag ja nur.

Fest steht allein: Der Dumme ist der Bringer.
Denn die Gebrachten rühren keinen Finger.
Wir sind am Ziel. Und niemand hat gelacht?
Ihr schreckt mich!
Was muß ich hörn: Mein Lied hätt's nicht gebracht –?
Ach, leckt mich ...

Richard Dove

Beim öffnen von Byrons gruft

Sein größtes werk: sein leben,
und hier liegt es,
ein basar,
den blicken ausgesetzt
eines jeden pokergesichts –

grauhaarig,
mit hautlosen unterarmen,
das loch mitten durch die brust,
das glied gewaltig

    und, unten, der verpfuschte
rechte fuß

jetzt abgetrennt

der ihn, in der kunst,
wie Christus wandeln ließ,
während die spähende öffentlichkeit
ein taumelndes, satyrhaftes trippeln gewahrte.

Sie machen keine fotos.

Es gibt keine farben mehr,
ihn zu trösten.

(Deutsch von Reiner Kunze)

Joachim Sartorius

Lilia Brik mit Majakovskij in Samarkand (undatierte Fotografie)

Die Schatten sind gesprächig, obwohl sie nicht sprechen werden.
Das Licht spricht auf seine Weise: Ein stummer Lichtwinkel
quer über dem Boden, wie ein schlafender Körper. Und
Majakovskij spricht nicht, und Lilia lächelt. Weil sie nicht
sprechen können (es ist ja eine Fotografie) scheint uns,
sie tragen viele, zu viele Geheimnisse in sich herum.

Rast in Samarkand bei einer Imbißbude. Zwei Männer stehen
hinter der Auslage (Zwei Töpfe. Teigwaren? Früchte?),
ein dritter hinter flach auf der Erde gestapelten Kisten.
Im Vordergrund Lilia auf einer Holzbank, Majakovskij
auf usbekischem Rohrstuhl. Beide mit Wanderstöcken.
Alle fünf schauen in die Kamera. Wer nimmt auf? Ossip?

Sie lächelt nicht Ossip an. Es ist Sommer. Ihre Schultern sind
rund, braun. Sie ist entschlossen, die unwiederholbare Liebe
im Leben eines großen Dichters zu sein. Das sieht man.
Tatiana, die Rivalin in Paris, wird diesen Vicomte heiraten.
Noch ein paar Jahre, und Majakovskij schießt sich eine Kugel
durch den Kopf in der Lubianskij-Gasse. Er sieht schon jetzt

nicht glücklich aus. Aber die entspannte Pose – aus
schwarzem
Unterhemd mit weißer Bordüre ausgestreckter Arm,
Feldherren-
hand auf Knauf – übertüncht alles. «Ich mag es nicht
ohne dich»,
hatte er dieser Tatiana per Telegramm mitgeteilt. Jetzt ist er
hier.
Er hat keine dicken Melonenkerne ausgespuckt. Die grüne
Moschee
ist, so die Verfügung der Soviets, Quartier für den
Arbeiterverein.

Sonst ist alles einladend, großzügig fast. Am oberen Rand
der Fotografie die Ränder der Oase. Es ist heiß. Erst der
Abend
wird diese Ordnung verwirren, mit Vögeln, mit Kamelen
aus Buchara, Luftschiffen aus dem Hinterland. Vier Männer,
eine Frau. Eine Frau und ein Mann. Im Kopf des Mannes
ein Bienenkorb von Frauen. Er ist so gesucht, so höflich
(angeblich)

und wird heute nacht auf dem Registan vor 5000 lesen.
Doch in die gewaltsame Veränderung der Gesellschaft ist er
nicht so vernarrt wie früher. Seine Themen, immer öfter,
stur:
Unerwiderte Liebe, Einsamkeit, Zerstörung. «Ich bin so
einsam
wie das einzige Auge eines Mannes auf dem Weg zu den
Blinden.»
Die Sprünge in den Gefäßen repariert man hier mit Gold.

Nie ist uns ein so scharfes Bild begegnet. Wegen der
Verkürzung
kann man nicht in die Holzkisten sehen. Besser so. Die Vögel
regen sich. Lilia: ein leichtes Schwindelgefühl. Ossip:
abwesend.
Majakovskij: Durst in einer Wüstenei von Überzeugungen.
Heute abend, lesend, wird er sich an Seide und Sinn
beruhigen.
Wann kommt die Nacht, und mit der Nacht endlich

der ornithologische Zauber? Flügel, Schwärme, Schnörkel,
die nicht zur Wahrheit gehören. Ein Schwindelgefühl.
Wußte er viel von Frauen? Auf der Fotografie immer
noch Mittag, steiles Licht. Kein Zwielicht. Gezielter Blick
nur. Die Kartuschen der Liebe. Blendende Schachzüge
aus Eis.
Man muß dies alles ersinnen aus verblichenen Erinnerungen

und *zum Augenblick eindicken* mit dem Weiß des Kleides,
dem Schwarz des Unterhemds, dem vergilbten Müll
am Rand der Sträucher, dem Weiß ihrer Augen, man muß
den Streit ersinnen und die endlosen, sinnlosen Wechsel
von Briefen, Telegrammen, Telefonaten, zu ersinnenden
Gefechten der Liebe und der überbelichteten Müdigkeit.

Friederike Mayröcker

(«when thou liest howling»)

wenn du das Dämmerlicht violetter Morgen, heute früh, Sonne und Regen was SILENCE hervorruft (– kramt aus dem Wortschatz) ich meine die aus der Packung *seichende* Milch, usw., Tränen erpressend die aus dem Kästchen tropfende Milch oder Musik Johann Sebastian Bachs: Ouvertüre zur Suite Nr.3 in D-Dur, der genadelte Schirm, Fontanas deflorierte Leinwände: darbietet sich der weisze Himmel von wilden Blitzen durchbohrt, ja, wenn du liegest heulend heulend 1 ganze weisze Nacht hindurch, heulend, dies Tränenlager die ganze Nacht, das Kopfkissen abermals wendend um nicht die Feuchtigkeit an der Wange, die ganze Nacht dich erwartend, als Zeichen deines Ankommens dein Hustenanfall im Stiegenhaus, ich imaginiere deine Erscheinung Kopf und Gestalt hinter der Glastür aber dann ich erwache du bist nicht gekommen du bist nicht da, oder wie zwischen 2 Regengüssen, *die Zeiten darauf zu pusten* (Derrida) habe immer die Augen geschlossen wenn ich mit dir telefoniere, rieselnd, 1 biszchen, Deckweisz, dieser Morgen die Berge so tränenblasz, unter grauen Aufflügen reiherartiger Vögel, zitternd zirpend der Horizont, schön verhangen Schlehdorn und Habakuk, wer sprach mir 1 x vom Fleisch des Gedichts, so viele Köpfe / Krisen im Fenster, diese süsze Erwartung dich sogleich erblicken zu können, Kobold der Lichts. Es wird 1 andermal sein, usw., Schädel der Sonne, 1 Gedichtzeile von Ajgi, lieblos aufgerissen die Doppelseiten von Derrida's POSTKARTE, achtlos, *raufend wie Zähnchen ...*

B. K. Tragelehn

Der letzte Versuch

in memoriam Heiner Müller

Undenkbar ist es.
Es hat *Germania*
Begraben einer der entkam. Die Haut
Und Fluß und Stadt und Berg drauf
Zwei mal mit Staub bestreut
Und wie sichs ziemt gefeiert.
Es ist kein Grabmal
Nur zarter Staub.

Oswald Egger

Unfuge (»Moissonneuse«)

VI
Zwei Nachbemerkungen

Verlangsamung

Jede extreme Beschleunigung erzeugt einen Zuwachs an Verlangsamung. Wer dieses (ungeschriebene) Gesetz, bezweifelt, wird täglich bei einem flüchtigen Blick in die Zeitung oder in andere Medien eines Besseren belehrt: Auf allen Kanälen werden auf eine grotesk umständliche Weise Lebensgeschichten erzählt. Selbst Menschen, die nichts zu erzählen haben, werden gezwungen, diese Leere ununterbrochen auszudrücken, als gelte es, dem nichtigen Zufall eine Form zu geben. Und wer einmal im Zug beobachtet hat, wie das schnellste Kommunikationsmittel, das Handy, dazu herhalten muß, die langsamste Gesprächsform aufzunehmen, die SMS-Botschaft, Buchstabe für Buchstabe mit offenen Mund auf die winzige Tastatur getippt, der möchte meinen, in einer vorsprachlichen Welt zu leben. Je avancierter (und schneller) die Technik, desto größer der Wunsch, die eigene Haut, den letzten Rest von Individualität zu retten. Das mag eine Illusion sein, aber es gibt doch zu denken.

Das Gesetz gilt jedenfalls uneingeschränkt für das Schreiben von Gedichten. Denn nichts könnte man problemloser als überflüssige Zeitverschwendung, als atavistische Spielerei abtun, als Sand im Getriebe des eigenen Lebensplans. Als die Kisten mit all den eingesandten Gedichten vor mir auf dem Schreibtisch standen, um ausgepackt, gelesen, sortiert und in den Trichter gegeben zu werden, aus dem dann unten gut hundertzwanzig Texte herauspurzeln sollten, die in ein Jahrbuch der Lyrik passen, dachte ich zunächst ausschließlich an die Autoren: Was sind das für seltsame Leute, die gegen jede herrschende Vernunft dieses einsame Handwerk betreiben? Die nur mit dieser (man muß schon sagen:) abseitigen Form die Hoffnung verbinden, eine jener Schwingungen festzuhalten, die offenbar nur in dieser alten, uralten Form zum Ausdruck kommen können. Noch bevor ich zur Lektüre kam, zur Kritik und zur Auswahl, stieg ein Gefühl von Stolz und Befriedigung in mir auf, daß es offenbar noch viele gibt, die mit Gedichten dem Geschwindigkeitsrausch zu trotzen versuchen – so vergeblich, wenn nicht lebensgefährlich diese Haltung auch sein mag. Mit diesen winzigen, ernsthaft betriebenen Wortspielereien, diesen Davids gegen die wortspeienden Goliaths, soll etwas verlangsamt werden?

Hier ist nicht der Ort, dieses Etwas zu untersuchen. Dieses Buch ist ein Jahrbuch und soll etwas sehr Konkretes dokumentieren: das, was im Jahre 2003 geschrieben wurde. Aber vielleicht macht sich der Leser die Mühe, dem Movens, das diese Gedichte hervorgebracht hat in unpoetischen Zeiten, auf die Schliche zu kommen. Das wäre für den Mit-Herausgeber, der dieses Jahrbuch im Schatten von Christoph Buchwald begleitet hat, genug Lohn für die Mühe. Denn keiner soll glauben, daß es das reine Vergnügen war, sich durch einen meterhohen Berg von Papier zu fressen, der mit nichts als mit Gedichten bedruckt ist.

M.K.

Erstens: Soviel Lyrik war nie. 66,2 Kilogramm Gedichte, die die Paketboten in München und Amsterdam zuzustellen hatten. Fast zwei Drittel der 449 Einsender waren Neulinge, das heißt Autoren, die nicht mit einem Brief oder Anruf um Gedichte gebeten wurden oder in einem der vorangegangenen zwanzig Jahrbücher vertreten waren; sie sind, wie aus zahlreichen Begleitbriefen hervorging, vor allem via Internet (vielfach durch *www.lyrikline.org* in Berlin) oder Freunde und Kollegen auf das Jahrbuch der Lyrik aufmerksam geworden. Auch wenn der Prozentsatz derer, *who didn't make it in the end*, unter den ca. 300 neuen Einsendern immer hoch ist, so sind diesmal doch einige auffallende neue Stimmen zu entdecken: Autorinnen und Autoren, die erkennen lassen, daß sie sich auskennen bei den Riesen, auf deren Schultern sie stehen. Als hätte sich auch bei den ganz jungen Einsendern herumgesprochen, daß sich ein Gedicht und alle Arten «Messitsch» nicht vertragen, einander ruinieren, aus feindlichen Lagern sind. Als hätte das wachsende Mißtrauen gegen Slogans, Gutmenschentum und Klischees à la Wut & Trauer das Augenmerk wieder mehr auf Handwerk, Sprache und Form gelenkt. Auf größere Genauigkeit im Umgang mit den literarischen Mitteln.

Zweitens: Auch nach dem Erscheinen des 20. Jahrbuchs (mit Lutz Seiler als Mitherausgeber) hat sich, was die literarische Kritik in Zeitungen und Zeitschriften angeht, nicht viel geändert. Sie kommt, außer als freundlicher Hinweis mit bibliographischer Angabe, kaum vor. Band 20, der immerhin ein Anlaß gewesen wäre, das ganze Unternehmen von Nummer 1 an (mit Harald Hartung als Mitheraus-

geber) kritisch unter die Lupe zu nehmen, ist da keine Ausnahme. Oder ist das, wie ein Kritiker einer in Hamburg erscheinenden Wochenzeitung neulich meinte, angesichts der Rezensions-Zeilenhonorare und der abnehmenden Feuilleton- umfänge, dann doch zu viel verlangt?
Im Internet jedenfalls findet Literaturkritik, Lyrikkritik, Jahrbuch-Kritik vielfältig und auf allen Niveaus der Kritischen Kunst statt, von radikal subjektiv über kriterienfrei stotternd bis nachvollziehbar argumentierend und handwerklich fundiert. Wer z.B. über «Google» den Suchbegriff «Jahrbuch der Lyrik» eingibt, landet rasch bei den unterschiedlichsten lyrikkritischen www.Adressen, von *literaturkritik.de* und *literaturwelt.de* über *lili.uni.bielefeld* und *acoon.de* bis zu den eigenwilligen *aub.readme.de, luise-berlin.de* und *gutenmorgen.de.* Überhaupt scheinen die diversen (jüngeren) Lyrikszenen in Ermangelung von Publikationsmöglichkeiten und «öffentlichem Raum» wie selbstverständlich im Internet ihr Medium gefunden zu haben. – Und doch scheint zugleich auch da immer noch zu gelten, daß erst das von einem seriösen Verlag auf holzfreiem Papier gedruckte Gedicht wirklich publiziert ist. Als wüchse der Poesie erst auf dem Papier die Ewigkeit zu, die ihr angemessen zu sein scheint.
Das Jahrbuch der Lyrik jedenfalls wird – drittens – schon aus diesem Grunde für die Ewigkeit gemacht und ausschließlich auf säurefreiem, alterungsbeständigem Papier gedruckt und aus chlorfrei gebleichtem Zellstoff hergestellt. Dies gilt auch für das kommende Jahrbuch. Einsendeschluß für unveröffentlichte (oder in Zeitungen und Zeitschriften veröffentlichte) Gedichte ist der 1. September 2003; und wie immer bitten wir darum, den Gedichten auf einem gesonderten Blatt die biobibliographischen Angaben beizulegen mit Geburtsjahr, Wohnort, ggf. den letzten

beiden *lieferbaren* Gedichtbänden mit Erscheinungsort, Verlag und Erscheinungsjahr (siehe die Angaben in *Autoren, Gedichtbände* am Ende dieses Jahrbuchs).

Je präziser die Daten, desto weniger Recherchearbeit hat Constanze Hub im Verlag; ihr sei an dieser Stelle gedankt für selbstlosen Einsatz und Geduld, ebenso gedankt wie meinem Kollegen und Mitherausgeber Michael Krüger, der die 66,2 Kilogramm Lyrik mit treffsicheren Kommentaren versehen hat.

C.B.

Autoren, Gedichtbände

(Soweit nicht anders angegeben, liegen die Rechte bei den Autoren)

Altmann, Andreas, *1963. Lebt in Berlin. «wortebilden», Berlin/Dresden: Kowalke/Verlag Die Scheune 1997; «die verlegung des zimmers», Berlin/Dresden: Kowalke/Verlag die Scheune 2001.

Ani, Friedrich, *1959. Lebt in München. «Verzeihen», München: Droemer; «Tür zum Meer», Köln: Emons Verlag 1999.

Bartsch, Wilhelm, *1950. Lebt in Halle/Saale. «Gen Ginnungagap», Halle: Mitteldeutscher Verlag 1994; «Tanz mit Siebzehn auf dem Fünfmarkschein», Bergen (NL): Eric van der Wal 2001.

Basse, Michael, *1957. Lebt in München. «Und morgens gibt es noch Nachricht», Passau: edition toni pongratz 1992 (1994,2); «Die Landnahme findet nicht statt», Berlin: Corvinuspresse 1997.

Blech, Juliane, *1975. Lebt in Halle/Saale. «Gute Nacht Geschichten», München: Südwest Verlag 2000; Palmbaum – Literarisches Journal aus Thüringen 2002.

Bleutge, Nico, *1972. Lebt in Thüringen. Veröffentlichungen in Literaturzeitschriften und Anthologien.

Böhme, Thomas, *1955. Lebt in Leipzig. «Alle Spur wird Fell», Berlin: Druckhaus Galrev 1998; «Die Cola-Trinker. Gedichte 1980 – 1999», Hamburg: Verlag MännerschwarmSkript 2000; «Dämmerung mit Dingen», Berlin: Galrev 2001.

Borchers, Elisabeth, *1926. Lebt in Frankfurt/Main. «Alles redet, schweigt und ruft. Gesammelte Gedichte mit einem Nachwort von Arnold Stadler», Frankfurt/Main: Suhrkamp 2001; «Eine Geschichte auf Erden», Frankfurt/Main: Suhrkamp 2002.

Bossong, Nora, *1982. Lebt in Leipzig. Veröffentlichungen in Zeitschriften und Anthologien.

Braun, Volker, *1939. Lebt in Berlin. «Lustgarten Preußen. Ausgewählte Gedichte», Frankfurt/Main: Suhrkamp 2000.

Brenner, Steffen, *1975. Lebt in Berlin.

Brôcan, Jürgen, *1965. Lebt in Göttingen. «Frühgrau, Kranengesang», Göttingen: Edition An der Leine 2001; «Topographie», Berlin: Gemini 2003.

Brunner, Helwig, *1967. Lebt in Graz. «Auf der Zunge das Fremde», Graz: Steirische Verlagsgesellschaft 1996; «Gehen, schauen, sagen», Graz: Steirische Verlagsgesellschaft 2002.

Buselmeier, Michael, *1938. Lebt in Heidelberg. «Ich rühm dich, Heidelberg», Heidelberg: Wunderhorn 1996; «Ode an die Sportler», Heidelberg: Wunderhorn 1998.

Czechowski, Heinz, *1935. Lebt in Frankfurt/Main. «Seumes Brille», Düsseldorf: Grupello 2002.

Detering, Heinz, *1959. Lebt in Kiel.

Dorn, Anne, *1925. Lebt in Köln. Veröffentlichungen in Zeitschriften und Anthologien.

Dove, Richard, *1954. Lebt in München. «Farbfleck auf einem Mondrian-Bild», St. Ingbert: Edition Thaleia 2002; «Aus einem früheren Leben. Gedichte englisch/deutsch», Übersetzungen u.a. von Reiner Kunze, München: Lyrikedition 2000 2004.

Draesner, Ulrike, *1962. Lebt in Berlin. «gedächtnisschleifen», Wiederauflage BoD, München: Buch & medi@2000; «für die nacht geheuerte zellen», München: Sammlung Luchterhand 2001.

Egger, Oswald, *1963. Lebt in Wien. «To observe the obverse», Zürich: Edition Howeg 2000; «Nichts, das ist», Frankfurt/Main: Suhrkamp 2001.

Endler, Adolf, *1930. Lebt in Berlin. «Der Pudding der Apokalypse. Gedichte 1963 – 1998», Frankfurt/Main: Suhrkamp 1999; «Das Greisenalter, voilà», Dresden: Obergrabenpresse 2001.

Enzensperger, Manfred, *1952. Lebt in Köln und Lützenkirchen. «Sperrbezirk», Bad Honnef: Horlemann 1999; «Strich und Faden», Bad Honnef: Horlemann 2000; «Semiopolis», Bad Honnef: Horlemann Verlag 2002.

Erb, Elke, *1938. Lebt in Berlin. «Mensch sein, nicht (Gedichte und andere Tagebuchaufzeichnungen)», Basel/Weil am Rhein: Urs Engeler Editor 1998; «Sachverstand», Basel/Weil am Rhein: Urs Engeler Editor 2000.

Färber, Thomas, *1952. Lebt in Menden (Sauerland).

Fels, Ludwig, *1946. Lebt in Wien. «Blaue Allee, Versprengte Tataren. Gedichte», München: Piper 1988.

Fritsch, Werner, *1960. Lebt in Hendelmühle und Berlin. «Chroma/Eulen:Spiegel», «Hieroglyphen des Jetzt», Frankfurt/Main: Suhrkamp 2002.

Geißler, Peter, *1962. Lebt in München. Veröffentlichungen in Zeitschriften und Anthologien.

Gernhardt, Robert, *1937. Lebt in Frankfurt/Main. «Klappaltar», Zürich: Haffmans 1998; «Berliner Zehner», Zürich: Haffmans 2001; «Im Glück und anderswo», Frankfurt/Main: S. Fischer 2002.

Göritz, Matthias, *1969. Lebt in Hamburg. «Loops». Graz: Maximilian Droschl 2001.

Gosse, Peter, *1938. Lebt in Leipzig. «Phantomschmelz», Halle: Mitteldeutscher Verlag 1998; «Seinsgunst», Halle: Mitteldeutscher Verlag 2001.

Gräf, Dieter M., *1960. Lebt in Köln. «Rauschstudie: Vater + Sohn», Frankfurt/Main: Suhrkamp 1994; «Treibender Kopf», Frankfurt/Main: Suhrkamp 1997; «Westrand», Frankfurt/Main: Suhrkamp 2002.

Harig, Ludwig, *1927. Lebt in Sulzbach/Saarland. «Menschen, Tiere, Sensationen», Pforzheim: Hertenstein-Presse 1997; «Im Geschwirr der Espenblätter. Lieder und Balladen», Blieskastel: Gollenstein Verlag 2002.

Hartung, Harald, *1932. Lebt in Berlin. «Traum im Deutschen Museum» (Neuausgabe), München: buch & media 2001; «Langsamer träumen», München: Hanser 2002.

Haufs, Rolf, *1935. Lebt in Berlin. «Vorabend», München: Hanser 1994; «Augustfeuer», München: Hanser 1996.

Hefter, Martina, *1965. Lebt in Leipzig.

Hensel, Kerstin, *1961. Lebt in Berlin. «Freistoß», Leipzig: Connewitzer Verlagsbuchhandlung Peter Hinke 1995; «Bahnhof verstehen», München: Luchterhand Literaturverlag 2001.

Herburger, Günter, *1932. Lebt in München «Im Gebirge», München: Luchterhand Literaturverlag, 1998; «Eine fliegende Festung. Gedichte», München, A1 Verlagsgesellschaft 2002.

Höcker, Katharina, *1960. Lebt in Hamburg. «préludes. Gedichte», Lüneburg: Lyrik Edition bei zu Klampen 1998; «nacht für nichts. Dichtungen», Lüneburg: zu Klampen 2001; «In einem Mietshauskörper. Erzählung», Hamburg: Achilla Presse 2002.

Hummelt, Norbert, *1962. Lebt in Köln. «singtrieb» (Buch mit CD), Basel/Weil am Rhein: Urs Engeler Editor 1997; «Zeichen im Schnee», München: Luchterhand Literaturverlag 2001.

Jacobs, Steffen, *1968. Lebt in Berlin. «Geschulte Monade», Frankfurt/Main: S. Fischer 1997.

Jeschke, Mathias, *1963. Lebt in Stuttgart. «Windland. Gedichte», Weissach im Tal: Alkyon Verlag 1999; «Erleben Sie Bad Doberan, Heiligendamm, Kühlungsborn, Rerik», Rostock: Hinstorff 1999.

Kirsch, Rainer, *1934. Lebt in Berlin. «Anna Katarina oder Die Nacht am Moorbusch», Rostock: Hinstorff 1991; «Die Talare der Gottesgelehrten», Halle: Mitteldeutscher Verlag 1999.

Kirsten, Wulf, *1934. Lebt in Weimar. «Stimmenschotter. Gedichte 1987 - 1992», Zürich: Ammann 1993; «Wettersturz. Gedichte 1993 – 1998», Zürich: Ammann 1999.

Klünner, Lothar, *1922. Lebt in Berlin. «Diese Nacht aus deinem Fleisch – Gesammelte Gedichte», Berlin: Jeanne-Memmen-Gesellschaft 2000; «Nachtseite», Berlin: Verlag Maldoror 2002.

Kobus, Nicolai, *1968. Lebt in Hamburg. Veröffentlichungen in Zeitschriften und Anthologien.

Krier, Jean, *1949. Lebt in Luxemburg. «Tableaux/Sehstücke», Blieskastel: Gollenstein 2002.

Kubin, Wolfgang, *1945. Lebt in Bonn und Wien. «Das neue Lied von der alten Verzweiflung», Bonn: Weidle 2000; «Narrentürme», Bonn: Weidle 2002.

Kühn, Johannes, *1934. Lebt in Hasborn. «Mit den Raben am Tisch», München: Hanser 2000; «Cien Poemas. Traduccíon de José Luis Reina Plazón», Vitoria Gasreiz: Ediciones Bassarai 2001.

Kuhligk, Björn, *1975. Lebt in Berlin. «Es gibt hier keine Küstenstraßen», München: Lyrikedition 2000 2001; «Am Ende kommen Touristen», Berlin: Berlin Verlag 2002.

Kunert, Günter, *1929. Lebt in Kaisborstel. «Mein Golem», München: Hanser 1996; «NachtVorstellung», München: Hanser 1999.

Kunst, Thomas, *1965. Lebt in Leipzig. «Der Schaum und die Zeichnung vom Pferd», Berlin: Kowalke 1998; «Die heftigen Strände der Doresa Mandolf», Dresden: Buchlabor Dresden 2001

Kusz, Fitzgerald, *1944. Lebt in Nürnberg. «hobb», Cadolzburg: ars-vivendi 1994; «schdernla – fränkische haikus», Cadolzburg: ars-vivendi 1996.

Lentz, Michael, *1964. Lebt in Berlin. «Neue Anagramme», Wien: edition selene 1998.

Lorenc, Kito, *1938. Lebt in Wuischke am Czorneboh. «die unerheblichkeit berlins. Texte aus den Neunzigern», München: Buch & medi@2002; «Zungenblätter. Gedichte und Nachdichtungen», Aschersleben: Verlag Un Art IG 2002.

Luidl, Philipp, *1930. Lebt in Dießen am Ammersee. «Gedichte», Augsburg: Maro Verlag 2000; «Weitere Gedichte», Augsburg: Maro Verlag 2001.

Mall, Sepp, *1955. Lebt in Meran. «Landschaft mit Tieren unter Sträuchern hingeduckt», Innsbruck: Haymon 1998; «Inferno Solitario», Innsbruck: Skarabaeus 2002.

Mayröcker, Friederike, *1924. Lebt in Wien. «Notizen auf einem Kamel. Gedichte», Frankfurt/Main: Suhrkamp 1996; «Benachbarte Metalle. Ausgewählte Gedichte», hrsg. von Thomas Kling, Frankfurt/Main: Suhrkamp 1998/99.

Meckel, Christoph, *1935. Lebt in Berlin und Frankreich. «Zähne. Gedichte», München: Hanser 2000; «Blut im Schuh. Gedichte», Lüneburg: zu Klampen 2001.

Mertens, Christel, *1955. Lebt in Köln. Gedichte in Anthologien und Zeitschriften.

Merz, Klaus, *1945. Lebt in Unterkulm, Schweiz. «Kurze Durchsage. Gedichte und Prosa», Innsbruck: Haymon 1995; «Garn. Prosa und Gedichte», Innsbruck: Haymon 2000; «Deplacement, Poèmes», deutsch und französisch, Übersetzung Marion Graf, Moudon: Editions Empreintes 2002.

Müller, Herta, *1953. Lebt in Berlin. «Der Wächter nimmt seinen Kamm», Reinbek: Rowohlt 1992; «Im Haarknoten wohnt eine Dame», Reinbek: Rowohlt 2000.

Naef, Sabina, *1974. Lebt in Zürich. «Zeitkippe», Zürich: Nimrod 1998; «tagelang möchte ich um diese Ecke biegen», Eggingen: Edition Isele 2001.

Nehmer, Joachim, *1952. Lebt in Hamburg. Veröffentlichungen in Zeitschriften.

Neugebauer, Jörg, *1949. Lebt in Neu-Ulm. «Über den Zeppelinen», Weissach i.T.: Alkyon 2002.

Nieke, Gert, *1949. Lebt in Berlin. «Ruhig Blut. Gedichte», Berlin: Atelier Handpresse 1993.

Pastior, Oskar, *1927. Lebt in Berlin. «Villanella & Pantum. Gedichte», München: Hanser 2000; «o du roher iasmin. 43 intonationen zu ‹harmonie du soir› von charles baudelaire», Weihl am Rhein und Basel: Urs Engeler Editor 2002.

Pietraß, Richard, *1946. Lebt in Berlin. «Die Gewichte. Hunderte Gedichte», Ebenhausen: Langewiesche-Brandt 2001; «Schattenwirtschaft», Leipzig: Faber & Faber 2002 .

Reimann, Andreas, *1946. Lebt in Leipzig.

Röhnert, Jan Volker, *1976. Lebt in Jena. «Fragment zum französischen Süden 1&2», Itzehoe: edition bauwagen; «Burgruinenblues», Weimar: edition muschelkalk 2003.

Rost, Hendrik, *1969. Lebt in Gescher. «Fliegende Schatten. Gedichte», Stuttgart: Edition Solitude 1999; «Aerobic und Gegenliebe. Gedichte», Düsseldorf, Grupello Verlag 2001.

Saalberg, Christian, *1926. Lebt in Kronshagen. «Namenloses Gehölz», Regensburg: Roderer 1999; «Das Weite suchen», Regensburg: Roderer 2001.

Sanjosé, Axel, *1960. Lebt in München. Gedichte in Anthologien und Zeitschriften.

Sartorius, Joachim, *1946. Lebt in Berlin. «Keiner gefriert anders», Köln: Kiepenheuer & Witsch 1996; «In den ägyptischen Filmen», Frankfurt/Main: Suhrkamp 2001.

Sayer, Walle, *1960. Lebt in Horb-Dettingen. «Irrläufer», Tübingen/München: Klöpfer & Meyer, DVA 2000; «Von der Beschaffenheit des Staunens. Miniaturen, Notate und ein Panoptikum», Tübingen/München: Klöpfer & Meyer, DVA 2002.

Scheuermann, Silke, *1973. Lebt in Frankfurt/Main. «Der Tag, an dem die Möwen zweistimmig sangen», Frankfurt/Main: edition suhrkamp 2001.

Schieke, Jörg, *1965. Lebt in Leipzig. «Die Rosen zitieren die Adern. Gedichte und Kurzprosa», Berlin: Druckhaus Galrev 1996.

Schimmang, Jochen, *1948. Lebt in Leer/Ostfriesland.

Schlageter, Kerstin Rose, *1965. Lebt in Bad Säckingen. Veröffentlichungen in Zeitschriften und Anthologien.

Seiler, Hellmut, *1953. Lebt in Remseck am Neckar. «siebenbürgischeendzeitlose», Frankfurt/Main: dipa-Verlag 1994; «Schlagwald. Grenzen, Gänge – 77 Gedichte und Exkurse, München: buch & medi@ 2001.

Seiler, Lutz, *1963. Lebt in Wilhelmshorst. «berührt/geführt», Berlin: Oberbaum Verlag 1995 ; «pech & blende», Frankfurt/Main: Suhrkamp 2000.

Sessner, Max, *1959. Lebt in Augsburg. Veröffentlichungen in Zeitschriften.

Simon, Eva, *1978. Lebt in Leipzig. Veröffentlichungen in Zeitschriften.

Stolterfoht, Ulf, *1963. Lebt in Berlin. «fachsprachen I – IX», Basel: Urs Engeler Editor, 1998; «fachsprachen X – XVIII», Basel: Urs Engeler Editor 2002.

Tammen, Johann P., *1944. Lebt in Bremerhaven-Weddewarden. «Lahnungen», Bergen (NL): Eric van der Wal 1998; «Wetterpapiere», Lüneburg: zu Klampen 1998; «Das Land. Das Meer. Das Ohr des Wetterfühlers», Witzwort: Die Quetsche – Verlag für Buchkunst 2000.

Tellkamp, Uwe, *1968. Lebt in München. Veröffentlichungen in Zeitschriften und Anthologien.

Theobaldy, Jürgen, *1944. Lebt in Bern. «Der Nachtbildsammler», Köln: Palmenpresse 1992; «Immer wieder alles», Lüneburg: Zu Klampen 2000.

Tragelehn, B.K., *1936. Lebt in Berlin und Leisi auf Saaremaa. «NÖSPL. Gedichte 1956 – 1991», Basel und Frankfurt/Main: Stroemfeld/Roter Stern 1996; «Neue Xenien. Ein Nachtrag zum Goethe-Jahr», Basel und Frankfurt/Main: Stroemfeld/ Roter Stern 2000.

Treichel, Hans-Ulrich, *1952. Lebt in Berlin und Leipzig. «Seit Tagen kein Wunder», Frankfurt/Main: Suhrkamp 1990; «Der einzige Gast», Frankfurt/Main: Suhrkamp 1994.

Wagner, Jan, *1971. Lebt in Berlin. «Probebohrung im Himmel. Gedichte», Berlin: Berlin Verlag 2001

Wellbrock, Jürgen. *1949. Lebt in Berlin. «Mitlesebuch 29», Berlin: Aphaia Verlag 1997; «Abermals ein Segel», Berlin: Edition Maldoror 1999.

Winkler, Ron, *1973. Lebt in Berlin. «Morphosen. Texte», Köln: edition sisyphos 2002; «Gedichte», Köln: parasitenpresse 2002.

Wißkirchen, Christa, *1945. Lebt in Pulheim bei Köln. Veröffentlichungen in Zeitschriften und Anthologien.

Wolff, Michael. *1944. Lebt in Berlin. Veröffentlichungen in Zeitschriften und Anthologien.